民国大师经典书系

烟花易冷，

那些我们不曾懂得的爱情

徐志摩等／著

北京理工大学出版社

图书在版编目（CIP）数据

烟花易冷，那些我们不曾懂得的爱情 / 徐志摩等著. — 北京：北京理工大学出版社，2016.4

ISBN 978-7-5682-1831-3

Ⅰ.①烟… Ⅱ.①徐… Ⅲ.①诗集—中国—现代 Ⅳ.①I226

中国版本图书馆CIP数据核字（2016）第021871号

出版发行 / 北京理工大学出版社有限责任公司
社　　址 / 北京市海淀区中关村南大街 5 号
邮　　编 / 100081
电　　话 / (010) 68914775（总编室）
　　　　　(010) 82562903（教材售后服务热线）
　　　　　(010) 68948351（其他图书服务热线）
网　　址 / http: //www.bitpress.com.cn
经　　销 / 全国各地新华书店
印　　刷 / 三河市金元印装有限公司
开　　本 / 889 毫米 × 1194 毫米　1/32
印　　张 / 9
字　　数 / 230千字
版　　次 / 2016 年 4 月第 1 版　2016 年 4 月第 1 次印刷
定　　价 / 35.00元

责任编辑 / 王俊洁
文案编辑 / 王俊洁
责任校对 / 周瑞红
责任印制 / 边心超

民国大师经典书系

目录

徐志摩

戴望舒

刘半农

闻一多

徐志摩

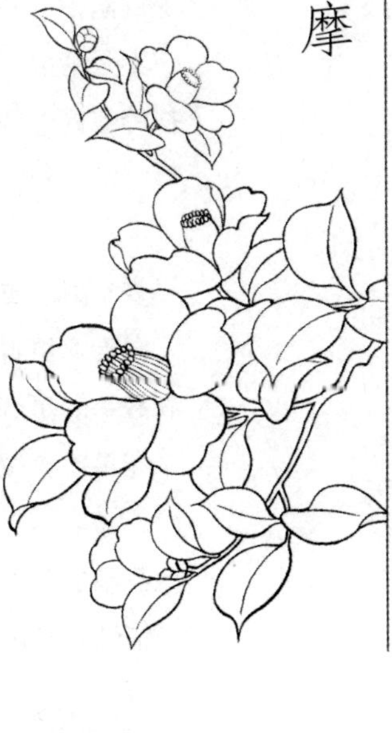

再别康桥

轻轻的我走了，
　正如我轻轻的来；
我轻轻的招手，
　作别西天的云彩。

那河畔的金柳，
　是夕阳中的新娘；
波光里的艳影，
　在我的心头荡漾。

软泥上的青荇，
　油油的在水底招摇；
在康河的柔波里，
　我甘心做一条水草！

那榆荫下的一潭，
　不是清泉，是天上虹；
揉碎在浮藻间，
　沉淀着彩虹似的梦。

寻梦？撑一支长篙，
　向青草更青处漫溯，
满载一船星辉，
　在星辉斑斓里放歌。

但我不能放歌，
　悄悄是别离的笙箫；

夏虫也为我沉默，
　沉默是今晚的康桥！

悄悄的我走了，
　正如我悄悄的来；
我挥一挥衣袖，
　不带走一片云彩。

一九二八年十一月六日作

沙扬娜拉一首

——赠日本女郎

最是那一低头的温柔，
像一朵水莲花不胜凉风的娇羞，
道一声珍重，道一声珍重，
那一声珍重里有甜蜜的忧愁——
沙扬娜拉！

『我不知道风是在那一个方向吹』

我不知道风
是在哪一个方向吹——
我是在梦中，
在梦的轻波里依洄。

我不知道风
是在哪一个方向吹——
我是在梦中，
她的温存，我的迷醉。

我不知道风
是在哪一个方向吹——
我是在梦中，
甜美是梦里的光辉。

我不知道风
是在哪一个方向吹——
我是在梦中，
她的负心，我的伤悲。

我不知道风
是在哪一个方向吹——
我是在梦中，
在梦的悲哀里心碎！

我不知道风
是在哪一个方向吹——
我是在梦中，
黯淡是梦里的光辉。

偶然

我是天空里的一片云，
偶尔投影在你的波心——
　你不必讶异，
　更无须欢喜——
在转瞬间消灭了踪影。

你我相逢在黑夜的海上，
你有你的，我有我的，方向；
　你记得也好，
　最好你忘掉，
在这交会时互放的光亮！

一九二六年五月中旬作

雪花的快乐

假如我是一朵雪花，
翩翩的在半空里潇洒，
　我一定认清我的方向——
　飞扬，飞扬，飞扬——
这地面上有我的方向。

不去那冷寞的幽谷，
不去那凄清的山麓，
　也不上荒街去惆怅——
　飞扬，飞扬，飞扬——
你看，我有我的方向！

在半空里娟娟的飞舞，
认明了那清幽的住处，
　等着她来花园里探望——
　飞扬，飞扬，飞扬——
啊，她身上有朱砂梅的清香！

那时我凭藉我的身轻，
盈盈的，沾住了她的衣襟，
　贴近她柔波似的心胸——
　消溶，消溶，消溶——
溶入了她柔波似的心胸！

一九二四年十二月三十日作

这是一个懦怯的世界

这是一个怯懦的世界：

　容不得恋爱，容不得恋爱！

披散你的满头发，

赤露你的一双脚；

　跟着我来，我的恋爱，

抛弃这个世界，

殉我们的恋爱！

我拉着你的手，

爱，你跟着我走；

　听凭荆棘把我们的脚心刺透，

　听凭冰雹劈破我们的头，

你跟着我走，

我拉着你的手，

　逃出了牢笼，恢复我们的自由！

　跟着我来，

　我的恋爱！

人间已经掉落在我们的后背——

看呀，这不是白茫茫的大海？

白茫茫的大海，

白茫茫的大海，

　无边的自由，我与你的恋爱！

顺着我的指头看，

那天边一小星的蓝——

　那是一座岛，岛上有青草，

　　鲜花，美丽的走兽与飞鸟；
快上这轻快的小艇，
去到那理想的天庭——
　　恋爱，欢欣，自由——
　　辞别了人间，永远！

我有一个恋爱

我有一个恋爱；——
我爱天上的明星；
我爱他们的晶莹：
　人间没有这异样的神明。

在冷峭的暮冬的黄昏，
在寂寞的灰色的清晨，
在海上，在风雨后的山顶——
　永远有一颗，万颗的明星！

山涧边小草花的知心，
高楼上小孩童的欢欣，
旅行人的灯亮与南针；——
　万万里外闪烁的精灵！

我有一个破碎的魂灵，
像一堆破碎的水晶，
散布在荒野的枯草里——
　饱啜你一瞬瞬的殷勤。

人生的冰激与柔情，
我也曾尝味，我也曾容忍；
有时阶砌下蟋蟀的秋吟，
　引起我心伤，逼迫我泪零。

我袒露我的坦白的胸襟，
　献爱与一天的明星；

任凭人生是幻是真，
地球存在或是消泯——
　太空中永远有不昧的明星！

一九二五年三月前作

苏苏

苏苏是一个痴心的女子：
　像一朵野蔷薇，她的丰姿；
　像一朵野蔷薇，她的丰姿——
来一阵暴风雨，摧残了她的身世。

这荒草地里有她的墓碑：
　淹没在蔓草里，她的伤悲；
　淹没在蔓草里，她的伤悲——
啊，这荒土里化成了血染的蔷薇！

那蔷薇是痴心女的灵魂，
　在清早上受清露的滋润，
　到黄昏时有晚风来温存，
更有那长夜的慰安，看星斗纵横。

你说这应分是她的平安？
　但命运又叫无情的手来攀，
　攀，攀尽了青条上的灿烂，——
可怜啊，苏苏她又遭一度的摧残！

一九二五年五月作

雁儿们

雁儿们在云空里飞，
　看她们的翅膀，
　看她们的翅膀，
有时候迂回，
　有时候匆忙。

雁儿们在云空里飞，
　晚霞在她们身上，
　晚霞在她们身上，
有时候银辉，
　有时候金芒。

雁儿们在云空里飞，
　听她们的歌唱！
　听她们的歌唱！
有时候伤悲，
　有时候欢畅。

雁儿们在云空里飞，
　为什么翱翔？
　为什么翱翔？
她们少不少旅伴？
她们有没有家乡？

雁儿们在云空里彷徨，天地就快昏黑！
　天地就快昏黑！
前途再没有天光，

孩子们往那儿飞？

天地在昏黑里安睡，
　昏黑迷住了山林，
　昏黑催眠了海水；
这时候有谁在倾听，
昏黑里泛起的伤悲。

客中

今晚天上有半轮的下弦月；
　我想携着她的手，
　往明月多处走——
一样是清光，我说，圆满或残缺。

园里有一树开剩的玉兰花;
　她有的是爱花癖，
　我爱看她的怜惜——
一样是芬芳，她说，满花与残花。

浓阴里有一只过时的夜莺；
　她受了秋凉，
　不如从前浏亮——
快死了，她说，但我不悔我的痴情！

但这莺，这一树花，这半轮月——
　我独自沉吟，
　对着我的身影——
她在那里，啊，为什么伤悲，凋谢，残缺?

一九二五年冬作

我等候你

我等候你。
我望着户外的黄昏
如同望着将来，
我的心震盲了我的听。
你怎还不来？希望
在每一秒钟上允许开花。
我守候着你的步履，
你的笑语，你的脸，
你的柔软的发丝，
守候着你的一切；
希望在每一秒钟上
枯死——你在哪里？
我要你，要得我心里生痛，
我要你的火焰似的笑，
要你的灵活的腰身，
你的发上眼角的飞星；
我陷落在迷醉的氛围中，
像一座岛，
在蟒绿的海涛间，不自主的在浮沉……
喔，我迫切的想望
你的来临，想望
那一朵神奇的优昙
开上时间的顶尖！
你为什么不来，忍心的？
你明知道，我知道你知道，
你这不来于我是致命的一击，
打死我生命中乍放的阳春，

教坚实如矿里的铁的黑暗，
压迫我的思想与呼吸；
打死可怜的希冀的嫩芽，
把我，囚犯似的，交付给
妒与愁苦，生的羞惭
与绝望的惨酷。
这也许是痴。竟许是痴。
我信我确然是痴；
但我不能转拨一支已然定向的舵，
万方的风息都不容许我犹豫——
我不能回头，命运驱策着我！
我也知道这多半是走向
毁灭的路；但
为了你，为了你
我什么也都甘愿；
这不仅我的热情，
我的仅有的理性亦如此说。
痴！想磔碎一个生命的纤维
为要感动一个女人的心！
想博得的，能博得的，至多是
她的一滴泪，
她的一阵心酸，
竟许一半声漠然的冷笑；
但我也甘愿，即使
我粉身的消息传到
她的心里如同传给
一块顽石，她把我看作
一只地穴里的鼠，一条虫，

我还是甘愿！
痴到了真，是无条件的，
上帝他也无法调回一个
痴定了的心如同一个将军
有时调回已上死线的士兵。
枉然，一切都是枉然，
你的不来是不容否认的实在，
虽则我心里烧着泼旺的火，
饥渴着你的一切，
你的发，你的笑，你的手脚；
任何的痴想与祈祷
不能缩短一小寸
你我间的距离！
户外的黄昏已然
凝聚成夜的乌黑，
树枝上挂着冰雪，
鸟雀们典去了它们的啁啾，
沉默是这一致穿孝的宇宙。
钟上的针不断的比着
玄妙的手势，像是指点，
像是同情，像是嘲讽，
每一次到点的打动，我听来是
我自己的心的
活埋的丧钟。

一九二九年秋作

拜献

山，我不赞美你的壮健，
海，我不歌咏你的阔大，
风波，我不颂扬你威力的无边；
但那在雪地里挣扎的小草花，
路旁冥盲中无告的孤寡，
烧死在沙漠里想归去的雏燕，——
给他们，给宇宙间一切无名的不幸，
我拜献，拜献我胸胁间的热，
管里的血，灵性里的光明；
我的诗歌——在歌声嘹亮的一俄顷，
天外的云彩为你们织造快乐，
起一座虹桥，
指点着永恒的逍遥，
在嘹亮的歌声里消纳了无穷的苦厄！

一九二九年初春作

生活

阴沉、黑暗，毒蛇似的蜿蜒，
生活逼成了一条甬道：
一度陷入，你只可向前，
手摸索着冷壁的粘潮，

在妖魔的脏腑内挣扎，
头顶不见一线的天光
这魂魄，在恐怖的压迫下，
除了消灭更有什么愿望？

五月二十九日

残春

昨天我瓶子里斜插着的桃花，
是朵朵媚笑在美人的腮边挂；
今儿它们全低了头，全变了相——
红的白的尸体倒悬在青条上。

窗外的风雨报告残春的运命，
丧钟似的音响在黑夜里叮咛：
“你那生命的瓶子里的鲜花也
变了样：艳丽的尸体，谁给收殓？”

残破

一

深深的在深夜里坐着：
当窗有一团不圆的光亮，
风挟着灰土，在大街上，
小巷里奔跑。
我要在枯秃的笔尖上袅出
一种残破的残破的音调，
为要抒写我的残破的思潮。

二

深深的在深夜里坐着。
生尖角的夜凉在窗缝里，
妒忌屋内残余的暖气，
也不饶恕我的肢体。
但我要用我半干的墨水描成
一些残破的残破的花样，
因为残破，残破是我的思想。

三

深深的在深夜里坐着，
左右是一些丑怪的鬼影。
焦枯的落魄的树木在冰沉沉的河沿叫喊，
比着绝望的姿势。
正如我要在残破的意识里，
重兴起一个残破的天地。

四

深深的在深夜里坐着，
闭上眼回望到过去的云烟。
啊，她还是一枝冷艳的白莲，
斜靠着晓风，万种的玲珑。
但我不是阳光，也不是露水，
我有的只是些残破的呼吸，
如同封锁在壁椽间的群鼠追逐着，
追求着黑暗与虚无！

阔的海

阔的海、空的天，我不需要，
我也不想放一只巨大的纸鹞上天去
捉弄四面八方的风。
我只要一分钟，
我只要一点光，
我只要一条缝，
像一个小孩爬伏在一间暗屋的窗前，
望着西天边不死的一条缝，
一点光，一分钟。

在不知名的道旁

什么无名的苦痛，悲悼的新鲜，
什么压迫，什么冤屈，什么烧烫你体肤的伤，
妇人，使你蒙着脸
在这昏夜，在这不知名的道旁。
任凭过往人停步，讶异的看你，
你只是不作声，黑绵绵的坐地？

还有蹲在你身旁悚动的一堆，
一双小黑眼闪荡着异样的光，
像暗云天偶露的星晞，她是谁？
疑惧在她脸上，可怜的小羔羊。
她怎知道人生的严重，夜的黑？
她怎能明白命运的无情，惨刻？

聚了，又散了，过往人们的讶异。
刹那的同情也许，但他们不能为你停留，
妇人，你与你的儿女，
伴着你的孤单，只昏夜的阴沉，
与黑暗里的荧光，飞来你身旁，
来照亮那小黑眼闪荡的星芒！

一九二八年十月三十一日在印度作

黄鹂

一掠颜色飞上了树。
“看，一只黄鹂！”有人说。
翘着尾尖，它不作声，
艳异照亮了浓密——
像是春光，火焰，像是热情。

等候它唱，我们静着望，怕惊了它。
但它一展翅，冲破浓密，化一朵彩云；
它飞了，不见了，没了——
像是春光，火焰，像是热情。

云游

那天你翩翩的在空际云游，
自在，轻盈，你本不想停留
在天的那方或地的那角，
你的愉快是无拦阻的逍遥。
你更不经意在卑微的地面
有一流涧水，虽则你的明艳
在过路时点染了他的空灵，
使他惊醒，将你的倩影抱紧。

他抱紧的只是绵密的忧愁，
因为美不能在风光中静止；
他要，你已飞渡万重的山头，
去更阔大的湖海投射影子！
他在为你消瘦，那一流涧水，
在无能的盼望，盼望你飞回！

一九三〇年夏作

最后的那一天

在春风不再回来的那一年，
在枯枝不再青条的那一天，
那时间天空再没有光照，
只黑蒙蒙的妖氛弥漫着
太阳，月亮，星光死去了的空间。

在一切标准推翻的那一天，
在一切价值重估的那时间，
暴露在最后审判的威灵中，
一切的虚伪与虚荣与虚空：
赤裸裸的灵魂们匍匐在主的跟前；——

我爱，那时间你我再不必张皇，
更不须声诉，辨冤，再不必隐藏，——
你我的心，像一朵雪白的并蒂莲，
在爱的青梗上秀挺，欢欣，鲜妍。——
在主的跟前，爱是唯一的荣光。

私语

秋雨在一流清冷的秋水边，
一棵憔悴的秋柳里，
一条怯懦的秋枝上，
一片将黄未黄的秋叶上，
听他亲亲切切喁喁唼唼，
私语三秋的情思情事，情语情节，
临了轻轻将他拂落在秋水秋波的私晕里，一涡半转，
跟着秋水流去。
这秋的私语，秋的情思情事，情诗情节，
已掉落在秋水秋波的秋晕里，一涡半转，
跟着秋水流去。

一九二二年七月二十一日作

月下待杜鹃不来

看一回宁静的桥影，
数一数螺钿的波纹，
我倚暖了石栏的青苔，
青苔凉透了我的心坎。

月儿，你休学新娘羞，
把锦被掩盖你光艳首，
你昨宵也在此勾留，
可听她允许今夜来否？

听远村寺塔的钟声，
像梦里的轻涛吐复收；
省心海念潮的涨歇，
依稀漂泊踉跄的孤舟！

水粼粼，夜冥冥，思悠悠，
何处是我恋的多情友；
风飕飕，柳飘飘，榆钱斗斗，
令人长忆伤春的歌喉。

朝雾里的小草花

这岂是偶然，小玲珑的野花！
你轻含着鲜露颗颗，
怦动的，像是慕光明的花蛾，
在黑暗里想念焰彩、晴霞；

我此时在这蔓草丛中过路，
无端的伤感，惘怅与惊讶，
在这迷雾里，在这岩壁下，
思忖着，泪怦怦的，人生与鲜露？

天国的消息

可爱的秋景！无声的落叶，
轻盈的，轻盈的，掉落在这小径，
竹篱内，隐约的，有小儿女的笑声：

呖呖的清音，缭绕着村舍的静谧，
仿佛是幽谷里的小鸟，欢噪着清晨，
驱散了昏夜的晦塞，开始无限光明。

刹那的欢欣，昙花似的涌现，
开豁了我的情绪，忘却了春恋，
人生的惶惑与悲哀，惆怅与短促——
在这稚子的欢笑声里，想见了天国！

晚霞泛滥着金色的枫林，
凉风吹拂着我孤独的身形；
我灵海里啸响着伟大的波涛，
应和更伟大的脉搏，更伟大的灵潮！

一九二五年三月前作

在那山道旁

在那山道旁，一天雾蒙蒙的早上，
初生的小蓝花在草丛里窥觑，
我送别她归去，与她在此分离，
在青草里飘拂，她的洁白的裙衣。

我不曾开言，她亦不曾告辞，
驻足在山道旁，我暗暗地寻思，
“吐露你的秘密，这不是最好时机？”——
露湛的小草花，仿佛恼我的迟疑。

为什么迟疑，这是最后的时机，
在这山道旁，在这雾盲的早上？
收集了勇气，向着她，我旋转身去——
但是啊，为什么她这满眼凄惶了？

我咽住了我的话，低下了我的头，
火灼与冰激在我的心胸间回荡。
啊，我认识了我的运命，她的忧愁，——
在这浓雾里，在这凄清的道旁！

在那天早上，在雾茫茫的山道旁，
新生的小蓝花在草丛里睥睨。
我目送她远去，与她从此分离——
在青草间飘拂，她那洁白的裙衣！

多谢天！我的心又一度的跳荡

多谢天！我的心又一度的跳荡，
这天蓝与海青与明洁的阳光
驱净了梅雨时期无欢的踪迹，
也散放了我心头的网罗与纽结，
像一朵曼陀罗花英英的露爽，
在空灵与自由中忘却了迷惘——
迷惘，迷惘！也不知求自何处，
囚禁着我心灵的自然的流露，
可怖的梦魇，黑夜无边的残酷，
苏醒的盼切，只增剧灵魂的麻木！
曾经有多少的白昼，黄昏，清晨，
嘲讽我这蚕茧似不生产的生存？
也不知有几遭的明月，星群，晴霞，
山岭的高亢与流水的光华……
辜负！辜负自然界叫唤的殷勤，
惊不醒这沉醉的昏迷与顽冥！

如今，多谢这无名的博大的光辉，
在艳色的青波与绿岛间萦洄，
更有那渔船与航影，亭亭的粘附
在天边，唤起辽远的梦景与梦趣：
我不由的惊悚，我不由的感愧
（有时微笑的妩媚是启悟的棒槌！）
是何来倏忽的神明，为我解脱
忧悉，新竹似的豁裂了外箨，
透露内里的青篁，又为我洗净
障眼的盲翳，重见宇宙间的欢欣。

这或许是我生命重新的机兆；
大自然的精神！容纳我的祈祷，
容许我的不踌躇的注视，容许
我的热情的献致，容许我保持
这显示的神奇，这现在与此地，
这不可比拟的一切间隔的毁灭！
我更不问我的希望，我的惆怅，
未来与过去只是渺茫的幻想，
更不向人间访问幸福的进门，
只求每时分给我不死的印痕——
变一颗埃尘，一颗无形的埃尘，
追随着造化的车轮，进行，进行……

一九二五年三月前作

她是睡着了

　她是睡着了——
星光下一朵斜欹的白莲；
　她入梦境了——
香炉里袅起一缕碧螺烟。

　她是眠熟了——
涧泉幽抑了喧响的琴弦；
　她在梦乡了——
粉蝶儿，翠蝶儿，翻飞的欢恋。

　停匀的呼吸：
清芬渗透了她的周遭的清氛；
　有福的清氛
怀抱着，抚摩着，她纤纤的身形！

　奢侈的光阴！
静，沙沙的尽是闪亮的黄金，
　平铺着无垠，——
波鳞间轻漾着光艳的小艇。

　醉心光景：
给我披一件彩衣，啜一坛芳醴，
　折一枝藤花，
舞，在葡萄丛中，颠倒，昏迷。

　看呀，美丽！
三春的颜色移上了她的香肌，

是玫瑰，是月季，
是朝阳里的水仙，鲜妍，芳菲！

梦底的幽秘，
挑逗着她的心——她纯洁的灵魂，
像一只蜂儿，
在花心，恣意的唐突——温存。

童真的梦境！
静默；休教惊断了梦神的殷勤；
抽一丝金络，
抽一丝银络，抽一丝晚霞的紫曛；

玉腕与金梭，
织缣似的精审，更番的穿度——
化生了彩霞，
神阙，安琪儿的歌，安琪儿的舞。

可爱的梨涡，
解释了处女的梦境的欢喜，
像一颗露珠，
颤动的，在荷盘中闪耀着晨曦！

一九二五年三月前作

呻吟语

我亦愿意赞美这神奇的宇宙，
我亦愿意忘却了人间有忧愁，
像一只没挂累的梅花雀，
清朝上歌唱，黄昏时跳跃；——
假如她清风似的常在我的左右！

我亦想望我的诗句清水似的流，
我亦想望我的心池鱼似的悠悠；
但如今膏火是我的心，
再休问我闲暇的诗情？——
上帝！你一天不还她生命与自由！

我来扬子江边买一把莲蓬

我来扬子江边买一把莲蓬；
手剥一层层莲衣，
看江鸥在眼前飞，
忍含着一眼悲泪——
我想着你，我想着你，啊小龙！

我尝一尝莲瓤，回味曾经的温存：——
那阶前不卷的重帘，
掩护着同心的欢恋，
我又听着你的盟言，
“永远是你的，我的身体，我的灵魂。”

我尝一尝莲心，我的心比莲心苦；
我长夜里怔忡，
挣不开的噩梦，
谁知我的苦痛？
你害了我，爱，这日子叫我如何过？

但我不能责你负，我不忍猜你变，
我心肠只是一片柔：
你是我的！我依旧将你紧紧的抱搂——
除非是天翻——
但谁能想像那一天？

半夜深巷琵琶

又被它从睡梦中惊醒，深夜里的琵琶！
是谁的悲思，
是谁的手指，
像一阵凄风，像一阵惨雨，像一阵落花。
在这夜深深时，
在这睡昏昏时，
挑动着紧促的弦索，乱弹着宫商角徵，
和着这深夜、荒街。

柳梢头有残月挂，
啊，半轮的残月，像是破碎地希望他。
他头戴一顶开花帽，
身上带着铁链条，
在光阴的道上疯了似的跳，疯了似的笑。
完了，他说，吹糊你的灯，
她在坟墓的那一边等，
等你去亲吻，等你去亲吻，等你去亲吻！

珊瑚

你再不用想我说话，
　我的心早沉在海水底下；
你再不用向我叫唤：
　因为我——我再不能回答！

除非你——除非你也来在
　这珊瑚骨环绕的又一世界；
等海风定时的一刻清静，
　你我来交互你我的幽叹。

叮当——清新

檐前的秋雨在说什么？
　它说摔了她，忧郁什么？
我手拿起案上的镜框，
　在平地上摔一个丁当。

檐前的秋雨又在说什么？
　“还有你心里那个留着做什么？”
蓦地里又听见一声清新——
　这回摔破的是我自己的心！

一九二五年秋作

天神似的英雄

这石是一堆粗丑的顽石，
这百合是一丛明媚的秀色；
但当月光将花影描上了石隙，
这粗丑的顽石也化生了媚迹。

我是一团臃肿的凡庸，
她的是人间无比的仙容；
但当恋爱将她偎入我的怀中，
就我也变成了天神似的英雄！

乡村里的音籁

小舟在垂柳荫间缓泛——
　一阵阵初秋的凉风，
　吹生了水面的漪绒，
吹来两岸乡村里的音籁。

我独自凭着船窗闲憩，
　静看着一河的波幻，
　静听着远近的音籁，——
又一度与童年的情景默契！

这是清脆的稚儿的呼唤，
　田场上工作纷纭，
　竹篱边犬吠鸡鸣：
但这无端的悲感与凄惋！

白云在蓝天里飞行：
　我欲把恼人的年岁，
　我欲把恼人的情爱，
托付与无涯的空灵——消泯；

回复我纯朴的，美丽的童心；
　像山谷里的冷泉一沟，
　像晓风里的白头乳鹊，
像池畔的草花，自然的鲜明。

一九二五年三月前作

西伯利亚道中忆西湖秋雪庵芦色作歌

我捡起一枝肥圆的芦梗，
　在这秋月下的芦田；
我试一试芦笛的新声，
　在月下的秋雪庵前。

这秋月是纷飞的碎玉，
　芦田是神仙的别殿；
我弄一弄芦管的幽乐——
　我映影在秋雪庵前。

我先吹我心中的欢喜——
　清风吹露芦雪的酥胸；
我再弄我欢喜的心机——
　芦田中见万点的飞萤。

我记起了我生平的惆怅，
　中怀不禁一阵的凄迷，
笛韵中也听出了新来凄凉——
　近水间有断续的蛙啼。

这时候芦雪在明月下翻舞，
　我暗地思量人生的奥妙，
我正想谱一折人生的新歌，
　阿，那芦笛（碎了）再不成音调！

这秋月是缤纷的碎玉，
　芦田是仙家的别殿；

我弄一弄芦管的幽乐——
　　我映影在秋雪庵前。

我捡起一枝肥圆的芦梗，
　　在这秋月下的芦田；
我试一试芦笛的新声，
　　在月下的秋雪庵前。

一九二五年三月作

在哀克刹脱教堂前

这是我自己的身影，今晚间倒映在异乡教宇的前庭，一座冷峭峭森严的大殿，一个峭阴阴孤耸的身影。

我对着寺前的雕像发问：“是谁负责这离奇的人生？”老朽的雕像瞅着我发愣，仿佛怪嫌这离奇的疑问。我又转问那冷郁郁的大星，它正升起在这教堂的后背，但它答我以嘲讽似的迷瞬，在星光下相对，我与我的迷谜！

这时间我身旁的那棵老树，它荫蔽着战迹碑下的无辜，幽幽的叹一声长气，像是凄凉的空院里凄凉的秋雨。它至少有百余年的经验，人间的变幻它什么都见过；生命的顽皮它也曾计数；春夏间汹汹，冬季里婆娑。

它认识这镇上最老的前辈，看他们受洗，长黄毛的婴孩；看他们的配偶，也在这教门内，——最后看他们的名字上墓碑！这半悲惨的趣剧它早已看厌，他自身痛肿的残余更不沽恋。

因此它与我同心，发一阵叹息——啊！我身影边平添了斑斑的落叶！

一九二五年七月

枉然

你枉然用手锁着我的手，
女人，用口噙住我的口，
枉然用鲜血注入我的心，
火烫的泪珠见证你的真；

迟了，你再不能叫死的复活，
从灰土里唤起原来神奇：
纵然上帝怜念你的过错，
他也不能拿爱再交给你！

北戴河海滨的幻想

他们都到海边去了。我为左眼发炎不曾去。我独坐在前廊，偎坐在一张安适的大椅内，袒着胸怀，赤着脚，一头的散发，不时有风来撩拂。清晨的晴爽，不曾消醒我初起时睡态；但梦思却半被晓风吹断。我阖紧眼帘内视，只见一斑斑消残的颜色，一似晚霞的余赭，留恋地胶附在天边。廊前的马樱，紫荆，藤萝，青翠的叶与鲜红的花，都将他们的妙影映印在水汀上，幻出幽媚的情态无数；我的臂上与胸前，亦满缀了绿阴的斜纹。从树荫的间隙平望，正见海湾：海波亦似被晨曦唤醒，黄蓝相间的波光，在欣然的舞蹈。滩边不时见白涛涌起，迸射着雪样的水花。浴线内点点的小舟与浴客，水禽似的浮着；幼童的欢叫，与水波拍岸声，与潜涛呜咽声，相间的起伏，竞报一滩的生趣与乐意。但我独坐的廊前，却只是静静的，静静的无甚声响。妩媚的马樱，只是幽幽的微辗着，蝇虫也敛翅不飞。只有远近树里的秋蝉在纺纱似的缍引他们不尽的长吟。

在这不尽的长吟中，我独坐在冥想。难得是寂寞的环境，难得是静定的意境；寂寞中有不可言传的和谐，静默中有无限的创造。我的心灵，比如海滨，生平初度的怒潮，已经渐次的消翳，只剩有疏松的海砂中偶尔的回响，更有残缺的贝壳，反映星月的辉芒。此时摸索潮余的斑痕，追想当时汹涌的情景，是梦或是真，再亦不须辨问，只此眉梢的轻皱，唇边的微哂，已足解释无穷奥绪，深深的蕴伏在灵魂的微纤之中。

青年永远趋向反叛，爱好冒险；永远如初渡航海者，幻想黄金机缘于浩淼的烟波之外；想割断系岸的缆绳，扯起风帆，欣欣的投入无垠的怀抱。他厌恶的是平安，自喜的是放纵与豪迈。无颜色的生涯，是他目中的荆棘；绝海与凶巘，是他爱自由的途径。他爱折玫瑰：为她的色香，亦为她冷酷的刺毒。他爱搏狂澜：为他的庄严与伟大，亦为他吞噬一切的天才，最是激发他探险与好奇的动机。他崇拜冲动：不可测，不可节，不可预逆，起，动，消歇皆在无形中，狂飙似的倏忽与猛烈与神秘。他崇拜斗争：从斗争中求剧烈的生命之意义，从斗争中求绝对的实在，在血染的战阵中，呼啸胜利之狂欢或歌败丧的哀曲。

幻象消灭是人生里命定的悲剧；青年的幻灭，更是悲剧中的悲剧，夜一般的沉黑，死一般的凶恶。纯粹的，猖狂的热情之火，不同阿拉亭的神灯，只能放射一时的异彩，不能永久的朗照；转瞬间，或许，便已敛熄了最后的焰舌，只留存有限的余烬与残灰，在未灭的余温里自伤与自慰。

流水之光，星之光，露珠之光，电之光，在青年的妙目中闪耀，我们不能不惊讶造化者艺术之神奇；然可怖的黑影，倦与衰与饱餍的黑影，同时亦紧紧的跟着时日进行，仿佛是烦恼，痛苦，失败，或庸俗的尾曳，亦在转瞬间，彗星似的扫灭了我们最自傲的神辉——流水涸，明星没，露珠散灭，电闪不再！

在这艳丽的日辉中，只见愉悦与欢舞与生趣，希望，闪烁的希望，在荡漾，在无穷的碧空中，在绿叶的光泽里，在虫鸟的歌吟中，在青草的摇曳中——夏之荣华，春之成功。春光与希望，是长驻的；自然与人生，是调谐的。

在远处有福的山谷内，莲馨花在坡前微笑，稚羊在乱石间跳跃，牧童们，有的吹着芦笛，有的平卧在草地上，仰看交幻的浮游的白云，放射下的青影在初黄的稻田中缥缈地移过。在远处安乐的村中，有妙龄的村姑，在流涧边照映她自制的春裙；口衔烟斗的农夫三四，在预度秋收的丰盈，老妇人们坐在家门外阳光中取暖，她们的周围有不少的儿童，手擎着黄白的钱花在环舞与欢呼。

在远——远处的人间，有无限的平安与快乐，无限的春光……

在此暂时可以忘却无数的落蕊与残红；亦可以忘却花荫中掉下的枯叶，私语地预告三秋的情意；亦可以忘却苦恼的僵瘪的人间，阳光与雨露的殷勤，不能再恢复他们腮颊上生命的微笑；亦可以忘却纷争的互杀的人间，阳光与雨露的仁慈，不能感化他们凶恶的兽性；亦可以忘却庸俗的卑琐的人间，行云与朝露的丰姿，不能引逗他们刹那间的凝视；亦可以忘却自觉的失望的人间，绚烂的春时与媚草，只能反激他们悲伤的意绪。

我亦可以暂时忘却我自身的种种；忘却我童年期清风白水似的天真；忘却我少年期种种虚荣的希冀；忘却我渐次的生命的觉悟；忘却我热烈的理想的寻求；忘却我心灵中乐观与悲观的斗争；忘却我攀登文艺高峰的艰辛；忘却刹那的启示与澈悟之神奇；忘却我生命潮流之骤转；忘却我陷落在危险的漩涡中之幸与不幸；忘却我追忆不完全的梦境；忘却我大海底里埋着的秘密；忘却曾经刳割我灵魂的利刃，炮烙我灵魂的烈焰，摧毁我灵魂的狂飙与暴雨；忘却我的深刻的怨与艾；忘却我的冀与愿；忘却我的恩泽与惠感；忘却我的过去与现在……

过去的实在，渐渐的膨胀，渐渐的模糊，渐渐的不可辨认；现在的实在，渐渐的收缩，逼成了意识的一线，细极狭极的一线，又裂成了无数不相连续的黑点……黑点亦渐次的隐翳，幻术似的灭了，灭了，一个可怕的黑暗的空虚……

一九二三年八月中旬作

自剖

我是个好动的人：每回我身体行动的时候，我的思想也仿佛就跟着跳荡。我做的诗，不论它们是怎样的“无聊”，有不少是在行旅期中想起的。我爱动，爱看动的事物，爱活泼的人，爱水，爱空中的飞鸟，爱车窗外掣过的田野山水。星光的闪动，草叶上露珠的颤动，花须在微风中的摇动，雷雨时云空的变动，大海中波涛的汹涌，都是在触动我感兴的情景。是动，不论是什么性质，就是我的兴趣，我的灵感。是动就会催快我的呼吸，加添我的生命。

近来却大大的变样了。第一我自身的肢体，已不如原先灵活；我的心也同样的感受了不知是年岁还是什么的拘絷。动的现象再不能给我欢喜，给我启示。先前我看着在阳光中闪烁的金波，就仿佛看见了神仙宫阙——什么荒诞美丽的幻觉，不在我的脑中一闪闪的掠过；现在不同了，阳光只是阳光，流波只是流波，任凭景色怎样的灿烂，再也照不化我的呆木的心灵。我的思想，如其偶尔有，也只似岩石上的藤萝，贴着枯干的粗糙的石面，极困难的蜒着；颜色是苍黑的，姿态是倔强的。

我自己也不懂得何以这变迁来得这样的突兀，这样的深彻。原先我在人前自觉竟是一注的流泉，时时有飞沫，时时有闪光；现在这泉眼，如其还在，仿佛是叫一块石板不留余隙的给镇住了。我在没有先前那样蓬勃的情趣，每回我想说话的时候，就觉着那石块的重压，怎么也掀不动，怎么也推不开，结果只能自安沉默！

想飞

假如这时候窗子外有雪——街上，城墙上，屋脊上，都是雪，胡同口一家屋檐下偎着一个戴黑兜帽的巡警，半拢着睡眼，看棉团似的雪花在半空中跳着玩……假如这夜是一个深极了的啊，不是壁上挂钟的时针指示给我们看的深夜，这深就比是一个山洞的深，一个往下钻螺旋形的山洞的深……

假如我能有这样一个深夜，它那无底的阴森捻起我遍体的毫管；再能有窗子外不住往下筛的雪，筛淡了远近间飏动的市谣，筛泯了在泥道上挣扎的车轮。筛灭了脑壳中不妥协的潜流……

我要那深，我要那静。那在树荫浓密处躲着的夜鹰轻易不敢在天光还在照亮时出来睁眼。思想，它也得等。

青天里有一点子黑的。正冲着太阳耀眼，望不真，你把手遮着眼，对着那两株树缝里瞧，黑的，有榧子来大，不，有桃子来大——嘿，又移着往西了！

我们吃了中饭出来到海边去。（这是英国康槐尔极南的一角，三面是大西洋。）鼂丽丽的叫响从我们的脚底下匀匀的往上颤，齐着腰，到了肩高，过了头顶，高入了云，高出了云。啊！你能不能把一种急震的乐音想象成一阵光明的细雨，从蓝天里冲着这平铺着青绿的地面不住的下？不，那雨点都是跳舞的小脚，安琪儿的。云雀们也吃过了饭，离开了它们卑微的地巢飞往高处做工去。上帝给它们的工作，替上帝做的工作。瞧着，这儿一只，那边又起了两只！一起就冲着天顶飞，小翅膀活动的多快活，圆圆的，不踌躇的飞——它们就认识青天。一起就开口唱，小嗓子动活的多快活，一颗颗小精圆珠子直往外唾，亮亮的唾，脆脆的唾，——它们赞美的是青天。瞧着，这飞得多高，有豆子大，有芝麻大，黑刺刺的一屑，直顶着无底的天顶细细的摇，——这全看不见了，影子都没了！但这光明的细雨还是不住的下着……

飞。"其翼若垂天之云……背负苍天，而莫之夭阏者"；那不容易见着。我们镇上东关厢外有一座黄泥山，山顶上有一座七层的塔，塔尖顶着天。塔院里常常打钟，锤声响动时，那在太阳西晒的时候多，一枝艳艳的大红花贴在西山的鬓边回照着塔山上的云彩，——钟声响动时，绕着塔顶尖，摩着塔顶天，穿着塔顶云，有一只两只有时三只四只有时五只六只蜷着爪往地面瞧的"饿老鹰"，撑开了它们灰苍苍的大翅膀没挂恋似的在盘旋，在半空中浮着，在晚风中泅着，仿佛是按着塔院钟的波荡来练习圆舞似的。那是我做孩子时的"大鹏"。有时好天抬头不见一瓣云的时候听着貌忧忧的叫响，我们就知道那是宝塔上的饿老鹰寻食吃来了，这一想象半天里秃顶圆睛的英雄，我们背上的小翅膀骨上就仿佛豁出了一锉锉铁刷似的羽毛，摇起来呼呼响的，只一摆就冲出了书房门，钻入了玳瑁镶边的白云里玩儿去，谁耐烦站在先生书桌前晃着身子背早上的多难背的书！啊，飞！不是那在树枝上矮矮的跳着的麻雀儿的飞；不是那凑天黑从堂扁后背冲出来赶蚊子吃的蝙蝠的飞；也不是那软尾巴软嗓子做窠在堂檐上的燕子的飞。要飞就得满天飞，风拦不住云挡不住的飞，一翅膀就跳过一座山头，影子下来遮得阴二十亩稻田的飞，要天晚飞倦了就来绕着那塔顶尖顺着风向打圆圈做梦……听说饿老鹰会抓小鸡！

飞。人们原来都是会飞的。天使们有翅膀，会飞，我们初来时也有翅膀，会飞。我们最初来就是飞了来的，有的做完了事还是飞了去，他们是可羡慕的。但大多数人是忘了飞的，有的翅膀上吊子毛不长再也飞不起来，有的翅膀叫胶水给胶住了再也拉不开，有的羽毛叫人给修短了像鸽子似的只会在地上跳，有的拿背上一对翅膀上当铺去典钱使过了期再也赎不回……真的，我们一过了做孩子的日子就掉了飞的本领。但没了翅膀或是翅膀坏了不能用是一件可怕的事。因为你再也飞不回去，你蹲在地上呆望着飞不上去的天，看旁人有福气的一程一程的在青云里逍遥，那多可怜。而且翅膀又不比你脚上的鞋，穿烂了可以再问妈要一双去，翅膀可不成，折了一根毛就是一根，没法给补的。还有，单顾着你翅膀也还不定规到时候能飞，你这身子要是不谨慎养太肥了，翅膀力量小再也拖不起，也是一样难不是？一对小翅膀驮不起一个胖肚子，那情形多可笑！到时候你听人家高声的招呼说，朋友，回去吧，趁这天还有紫色的光，你听他们的翅膀在半空中沙沙的摇响，朵朵的春云跳过来拥着他们的肩背，望着最光明的来处翩翩的，冉冉的，轻烟似的化出了你的视域，像云雀似的只留下一泻光明的骤雨——"Thou art unseen，but yet I hear thy shrill delight"——那你，独自在泥涂里淹着，够多难受，够多懊恼，够多寒伧！趁早留神你的翅膀，朋友。

是人没有不想飞的。老是在这地面上爬着够多厌烦，不说别的。飞出这圈子，飞出这圈子！到云端里去，到云端里去！那个心里不成天千百遍的这么想？飞上天空去浮着，看地球这弹丸在太空里滚着，从陆地看到海，从海再看回陆地。凌空去看一个明白——这才是做人的趣味，做人的权威，做人的交代。这皮囊要是太重挪不动，就掷了它，可能的话，飞出这圈子，飞出这圈子！

人类初发明用石器的时候，已经想长翅膀。想飞。原人洞壁上画的四不像，它的背上掮着翅膀；拿着弓箭赶野兽的，他那肩背上也给安了翅膀。小爱神是有一对粉嫩的肉翅的。挨开拉斯（Icarus）是人类飞行史上第一个英雄，第一次牺牲。安琪儿（那是理想化的人）第一个标记是帮助他们飞行的翅膀。那也有沿革——你看西洋画上的表现。最初像是一对小精致的令旗，蝴蝶似的粘在安琪儿们的背上，像真的，不灵动的。渐渐的翅膀长大了，地位安准了，毛羽丰满了。画图上的天使们长上了真的可能的翅膀。人类初次实现了翅膀的观念，彻悟了飞行的意义。挨开拉斯那不死的灵魂，回来投生又投生。人类最大的使命，是制造翅膀；最大的成功是飞！理想的极度，想象的止境，从人到神！诗是翅膀上出世的；哲理是在空中盘旋的。飞：超脱一切，笼盖一切，扫荡一切，吞吐一切。

你上那边山峰顶上试去，要是渡不到这边山峰上，你就得到这万丈的深渊里去找你的葬身地！

一九二六年四月十四日至十六日作

翡冷翠山居闲话

在这里出门散步去，上山或是下山，在一个晴好的五月的向晚，正像是去赴一个美的宴会，比如去一果子园，那边每株树上都是满挂着诗情最秀逸的果实，假如你单是站着看还不满意时，只要你一伸手就可以采取，可以恣尝鲜味，足够你性灵的迷醉。阳光正好暖和，决不过暖；风息是温驯的，而且往往因为他是从繁花的山林里吹度过来他带来一股幽远的澹香，连着一息滋润的水汽，摩挲着你的颜面，轻绕着你的肩腰，就这单纯的呼吸已是无穷的愉快；空气总是明净的，近谷内不生烟，远山上不起霭，那美秀风景全部正像画片似的展露在你的眼前，供你闲暇的鉴赏。

作客山中的妙处，尤在你永不须踌躇你的服色与体态；你不妨摇曳着一头的蓬草，不妨纵容你满腮的苔藓；你爱穿什么就穿什么；扮一个牧童，扮一个渔翁，装一个农夫，装一个走江湖的桀卜闪，装一个猎户；你再不必提心整理你的领结，你尽可以不用领结，给你的颈根与胸膛一半日的自由，你可以拿一条这边艳色的长巾包在你的头上，学一个太平军的头目，或是拜伦那埃及装的姿态；但最要紧的是穿上你最旧的旧鞋，别管他模样不佳，他们是顶可爱的好友，他们承着你的体重却不叫你记起你还有一双脚在你的底下。

这样的玩顶好是不要约伴，我竟想严格的取缔，只许你独身；因为有了伴多少总得叫你分心，尤其是年轻的女伴，那是最危险最专制不过的旅伴，你应得躲避她像你躲避青草里一条美丽的花蛇！平常我们从自己家里走到朋友的家里，或是我们执事的地方，那无非是在同一个大牢里从一间狱室移到另一间狱室去，拘束永远跟着我们，自由永远寻不到我们；但在这春夏间美秀的山中或乡间你要是有机会独身闲逛时，那才是你福星高照的时候，那才是你实际领受，亲口尝味，自由与自在的时候，那才是你肉体与灵魂行动一致的时候。朋友们，我们多长一岁年纪往往只是加重我们头上的枷，加紧我们脚胫上的链，我们见小孩子在草里在沙堆里在浅水里打滚作乐，或是看见小猫追他自己的尾巴，何尝没有羡慕的时候，但我们的枷，我们的链永远是制定我们行动的上司！所以只有你单身奔赴大自然的怀抱时，像一个裸体小孩扑入他母亲的怀抱时，你才知道灵魂的愉快是怎样的，单是活着的快乐是怎样的，单就呼吸单就走道单就张眼看耸耳听的幸福是怎样的。因此你得严格的为己，极端的自私，只许你，体魄与性灵，与自然同在一个脉搏里跳动，同在一个音波里起伏，同在一个神奇的宇宙里自得。我们浑朴的天真是像含羞草似的娇柔，一经同伴的抵触，他就卷了起来，但在澄静的日光下，和风中，他的姿态是自然的，他的生活是无阻碍的。

你一个人漫游的时候，你就会在青草里坐地仰卧，甚至有时打滚，因为草的和暖的颜色自然的唤起你童稚的活泼；在静僻的道上你就会不自主的狂舞，看着你自己的身影幻出种种诡异的变相，因为道旁树木的阴影在他们迂徐的婆娑里暗示你舞蹈的快乐；你也会得信口的歌唱，偶尔记起断片的音调，与你自己随口的小曲，因为树林中的莺燕告诉你春光是应得赞美的；更不必说你的胸襟自然会跟着曼长的山径开拓，你的心地会看着澄蓝的天空静定，你的思想和着山壑间的水声，山罅里的泉响，有时一澄到底的清澈，有时激起成章的波动，流，流，流入凉爽的橄榄林中，流入妩媚的阿诺河去……

并且你不但不须应伴，每逢这样的游行，你也不必带书。书是理想的伴侣，但你应得带书，是在火车上，在你住处的客室里，不是在你独身漫步的时候。什么伟大的深沉的鼓舞的清明的优美的思想的根源不是可以在风籁中，云彩里，山势与地形的起伏里，花草的颜色与香息里寻得？自然是最伟大的一部书，葛德说，在他每一页的字句里我们读得最深奥的消息，并且这书上的文字是人人懂得的；阿尔帕斯与五老峰，雪西里与普陀山，莱茵河与扬子江，梨梦湖与西子湖，建兰与琼花，杭州西溪的芦雪与威尼市夕照的红潮，百灵与夜莺，更不提一般黄的黄麦，一般紫的紫藤，一般青的青草同在大地上生长，同在和风中波动——他们应用的符号是永远一致的，他们的意义是永远明显的，只要你自己性灵上不长疮瘢，眼不盲，耳不塞，这无形迹的最高等教育便永远是你的名分，这不取费的最珍贵的补剂便永远供你的受用；只要你认识了这一部书，你在这世界上寂寞时便不寂寞，穷困时不穷困，苦恼时有安慰，挫折时有鼓励，软弱时有督责，迷失时有南针。

一九二五年六月作

天目山中笔记

佛于大众中，说我当作佛，闻如是法音，疑悔悉已除。初闻佛所说，心中大惊疑，将非魔作佛，恼乱我心耶。

——《妙法莲华经·譬喻品》——

山中不定是清静。庙宇在参天的大木中间藏着，早晚间有的是风，松有松声，竹有竹韵，鸣的禽，叫的虫子，阁上的大钟，殿上的木鱼，庙身的左边右边都安着接泉水的粗毛竹管，这就是天然的笙箫，时缓时急的参和着天空地上种种的鸣籁。静是不静的，但山中的声响，不论是泥土里的蚯蚓叫，或是轿夫们深夜里“唱宝”的异调，自有一种特别处。它来得纯粹，来得清亮，来得透澈，冰水似的沁入你的脾肺。正如你在泉水里洗濯过后觉得清白些，这些山籁虽则一样是音响，也分明有洗净的功能。

夜间这些清籁摇着你入梦，清早上你也从这些清籁的怀抱中苏醒。

山居是福，山上有楼住更是修得来的。我们的楼窗开处是一片蓊葱的林海，林海外更有云海！日的光，月的光，星的光，全是你的。从这三尺方的窗户你接受自然的变幻，从这三尺方的窗户你释放你情感的变幻。自在，满足。

今早梦回时睁眼见满帐的霞光。鸟雀们在赞美，我也加入一份。它们的是清越的歌唱，我的是潜深一度的沉默。

钟楼中飞下一声宏钟，空山在音波的磅礴中震荡。这一声钟激起了我的思潮。不，潮字太夸；说思流罢。耶教人说阿门，印度教人说“欧姆”（om），与这钟声的嗡嗡，同是从撮口外摄到阖口内包的一个无限的波动：分明是外扩，却又是内潜。一切在它的周缘，却又在它的中心：同时是皮又是核，是轴亦复是廓。“这伟大奥妙的”（om）使人感到动，又感到静；从静中见动，又从动中见静。从安住到飞翔，又从飞翔回复安住；从实在境界超入妙空，又从妙空化生实在。

“闻佛柔软音，深远甚微妙。”

多奇异的力量！多奥妙的启示！包容一切冲突性的现象，扩大刹那间的视域，这单纯的音响，于我是一种智灵的洗净。花开，花落，天外的流星与田畦间的飞黄，上绾云天的青松，下临绝海的巉岩，男女的爱，珠宝的光，火山的溶液，一如婴儿在它的摇篮中安眠。

这山上的钟声是昼夜不间歇的，平均五分钟时一次。打钟的和尚独自在钟头上住着，据说他已经不间歇地打了十一年钟，他的心愿是打到他不能动弹的那天。钟楼上供着菩萨，打钟人在大钟的一边安着他的“座”。他每晚是坐着安神的，一只手挽着钟槌的一头，从长期的习惯，不叫睡眠耽误他的职司。“这和尚，”我自忖，“一定是有道理的！和尚是没道理的多。方才哪知客僧想把七窍蒙充六根，怎么算总多了一个鼻孔或是耳孔；那方丈师的谈吐里不少某督军与某省长的点缀，哪管半山亭的和尚更是贪嗔的化身，无端摔破了两个无辜的茶碗。但这打钟和尚，他一定不是庸流不能不去看看！”他的年岁在五十开外，出家有二十几年，这钟楼，不错，是他管的，这钟是他打的（说着他就过去撞了一下），他每晚，也不错，是坐着安神的，但此外，可怜，我的俗眼竟看不出什么异样。他拂拭着神龛，神坐，拜垫，换上香烛掇一盂水，洗一把青菜，捻一把米，擦干了手接受香客的布施，又转身去撞一声钟。他脸上看不出修行的清癯，却没有失眠的倦态，倒是满满的不时有笑容的展露。念什么经？不，就念阿弥陀佛，他竟许是不认识字的。“那一带是什么山，叫什么，和尚？”

“这里是天目山，”他说。“我知道，我说的是哪一带的，”我手点着问。“我不知道。”他回答。

山上另有一个和尚，他住在更上去昭明太子读书台的旧址，盖着几间屋，供着佛像，也归庙管的，叫作茅棚。但这不比得普陀山上的真茅棚，那看了怕人的，坐着或是偎着修行的和尚没一个不是鹄形鸠面，鬼似的东西。

他们不开口的多，你爱布施什么就放在他跟前的篓子或是盘子里。他们怎么也不睁眼，不出声，随你给的是金条或是铁条。人说得更奇了。有的半年没有吃过东西，不曾挪过窝，可还是没有死，就这冥冥地坐着。他们大约离成佛不远了，单看他们的脸色，就比石片泥土不差什么，一样这黑刺刺，死僵僵的。

“内中有几个，”香客们说，“已经成了活佛，我们的祖母早三十年来就看见他们这样坐着的！”

但天目山的茅棚以及茅棚里的和尚，却没有那样的浪漫出奇。茅棚是尽够蔽风雨的屋子，修道的也是活鲜鲜的人，虽则他并不因此减却他给我们的趣味。他是一个高身材、黑面目，行动迟缓的中年人。他出家将近十年，三年前坐过禅关，现在这山上茅棚里来修行。他在俗家时是个商人，家中有父母兄弟姊妹，也许还有自身的妻子。他不曾明说他中年出家的缘由。他只说“俗业太重了，还是出家从佛的好。”但从他沉着的语音与持重的神态中，可以觉出他不仅是曾经在人事上受过磨折，并且是在思想上能分清黑白的人。他的口，他的眼，都泄露着他内里强自抑制，魔与佛交斗的痕迹；说他是放过火杀过人的忏悔者，可信；说他是个回头的浪子，也可信。他不比那钟楼上人的不着颜色，不露曲折。他分明是色的世界里逃来的一个囚犯。三年的禅关，三年的草棚，还不曾压倒，不曾灭净，他肉身的烈火。“俗业太重了，不如出家从佛的好”。这话里岂不战栗着一往忏悔的深心？我觉着好奇，我怎么能得知他深夜趺坐时意念的究竟？

佛于大众中　说我尝作佛　闻如是法音　疑悔悉已除
初闻佛所说　心中大惊疑　将非魔所说　恼乱我心耶

但这也许看太深奥了。我们承受西洋人生观洗礼的，容易把做人看太积极，入世的要求太猛烈，太不肯退让，把住这热乎乎的一个身子一个心放进生活的轧床去，不叫他留存半点汁水回去；非到山穷水尽的时候，决不肯认输。退后，收下旗帜，并且即使承认了绝望的表示，他往往直接向生存本体作取决，不来半点后悔地收回了步子向后退。宁可自杀，干脆的生命的断绝，不来出家，那是生命的否认。不错，西洋人也有出家做和尚做尼姑的，例如亚佩腊与爱洛绮丝，但在他们是情感方面的转变，原来对人的爱移作对上帝的爱，这知感的自体与它的活动依旧不含糊地在着；在东方人，这出家是求情感的消灭，皈依佛法或道法，目的在自我一切痕迹的解脱。再说，这出家或出世的观念的老家，是印度不是中国，是跟着佛教来的。印度可以会发生这类思想，学者们自有种种哲理上乃至物理上的解释，也尽有趣味的。

中国何以能容留这类思想，并且在实际上出家做尼僧的今天不比以前少（我新近一个朋友差一点做了小和尚）！这问题正值得研究，因为这分明不仅仅是个知识乃至意识的浅深问题，也许这情形尽有极有趣味的解释的可能，我见闻浅，不知道我们的学者怎样想法，我愿意领教。

十五年九月

印度洋上的秋思

昨夜中秋。黄昏时西天挂下一大帘的云母屏，掩住了落日的光潮，将海天一体化成暗蓝色，寂静得如黑衣尼在圣座前默祷。过了一刻，即听得船梢布篷上悉悉索索嗓泣起来，低压的云夹着迷蒙的雨色，将海线逼得像湖一般窄，沿边的黑影，也辨认不出是山是云，但涕泪的痕迹，却满布在空中水上。

又是一番秋意！那雨声在急骤之中，有零落萧疏的况味，连着阴沉的气氲，只是在我灵魂的耳畔私语道："秋"！我原来无欢的心境，抵御不住那样温婉的浸润，也就开放了春夏间所积受的秋思，和此时外来的怨艾构合，产出一个弱的婴儿——"愁"。

天色早已沉黑，雨也已休止。但方才嗓泣的云，还疏松地幕在天空，只露着些惨白的微光，预告明月已经装束齐整，专等开幕。同时船烟正在莽莽苍苍的吞吐，筑成一座蟒鳞的长桥，直联及西天尽处，和轮船泛出的一流翠波白沫，上下对照，留恋西来的踪迹。

北天云幕豁处，一颗鲜翠的明星，喜孜孜地先来问探消息，像新嫁媳的侍婢，也穿扮得遍体光艳，但新娘依然姗姗未出。

我小的时候，每于中秋夜，呆坐在楼窗外等看“月华”。若然天上有云雾缭绕，我就替“亮晶晶的月亮”担忧。若然见了鱼鳞似的云彩，我的小心就欣欣怡悦，默祷着月儿快些开花。因为我常听人说只要有“瓦楞”云，就有月华，但在月光放彩以前，我母亲早已逼我去上床，所以月华只是我脑筋里一个不曾实现的想象，直到如今。现在天上砌满了瓦楞云彩，霎时间引起了我早年许多有趣的记忆——但我的纯洁的童心，如今哪里去了！

月光有一种神秘的引力。她能使海波咆哮，她能使悲绪生潮。月下的喟息可以结聚成山，月下的情泪可以培畦百亩的畹兰，千茎的紫琳耿。我疑悲哀是人类先天的遗传，否则，何以我们几年不知悲感的时期，有时对着一泻的清辉，也往往凄心滴泪呢？

但我今夜却不曾流泪。不是无泪可滴，也不是文明教育将我最纯洁的本能锄净，却为是感觉了神圣的悲哀，将我理解的好奇心激动，想学契古特白登来解剖这神秘的“眸冷骨累”。冷的智永远是热的情的死仇，他们不能相容的。

但在这样浪漫的月夜，要来练习冷酷的分析，似乎不近人情！所以我的心机一转，重复将锋快的智力剧起，让沉醉的情泪自然流转，听他产生什么音乐，让绻缱的诗魂漫自低口，看他寻出什么梦境。

明月正在云岩中间，周围有一圈黄色的彩晕，一阵阵的轻霭，在她面前扯过。海上几百道起伏的银沟，一齐在微叱凄清的音节，此外不受清辉的波域，在暗中愤愤涨落，不知是怨是慕。

我一面将自己一部分的情感，看入自然界的现象，一面拿着纸笔，痴望着月彩，想从她明洁的辉光里，看出今夜地面上秋思的痕迹，希冀她们在我心里，凝成高洁情绪的菁华。因为她光明的捷足，今夜遍走天涯，人间的恩怨，哪一件不经过她的慧眼呢？

印度的Ganges（埂奇）河边有一座小村落，村外一个榕绒密绣的湖边，坐着一对情醉的男女，他们中间草地上放着一尊古铜香炉，烧着上品的水息。那温柔婉恋的烟篆，沉馥香浓的热气，便是他们爱感的象征。月光从云端里轻俯下来，在那女子脑前的珠串上，水息的烟尾上，印下一个慈吻，微晒，重复登上她的云艇，上前驶去。

一家别院的楼上，窗帘不曾放下，几枝肥满的桐叶正在玻璃上摇曳斗趣。月光窥见了窗内一张小蚊床上紫纱帐里，安眠着一个安琪儿似的小孩。她轻轻挨进身去，在他温软的眼睫上，嫩桃似的腮上，抚摩了一会。又将她银色的纤指，理齐了他脐圆的额发，蔼然微晒着，又回她的云海去了。

一个失望的诗人，坐在河边一块石头上，满面写着幽郁的神情，他爱人的倩影，在他胸中像河水似的流动，他又不能在失望的渣滓里榨出些微甘液。他张开两手，仰着头，让大慈大悲的月光，那时正在过路，洗沐他泪腺显肿的眼眶，他似乎感觉到清心的安慰，立即摸出一枝笔，在白衣襟上写道：

月光，你是失望儿的乳娘！

面海一座柴屋的窗棂里，望得见屋里的内容：一张小桌上放着半块面包和几条冷肉，晚餐的剩余。窗前几上开着一本家用的圣经，炉架上两座点着的炉台，不住地在流泪，旁边坐着一个皱面驼腰的老妇人，两眼半闭不闭地落在伏在她膝上悲泣的一个少妇。她的长裙散在地板上像一只大花蝶。老妇人掉头向窗外望，只见远远海涛起伏，和慈祥的月光在拥抱蜜吻，她叹了声气向着斜照在圣经上的月彩嗫道：

“真绝望了！真绝望了！”

她独自在她精雅的书室里，把灯火一齐熄了，倚在窗口一架藤椅上。月光从东墙肩上斜泻下去，笼住她的全身，在花砖上幻出一个窈窕的倩影。她两根垂辫的发梢，她微澹的媚唇，和庭前几茎高峙的玉兰花，都在静谧的月色中微颤。她加她的呼吸，吐出一股幽香，不但邻近的花草，连月儿闻了，也禁不住迷醉。她腮边天然的妙涡，已有好几日不圆满。她瘦损了。但她在想什么呢？月光，你能否将我的梦魂带去，放在离她三五尺的玉兰花枝上。

威尔斯西境一座矿床附近，有三个工人，口衔着笨重的烟斗，在月光中间坐。他们所能想到的话都已讲完，但这异样的月彩，在他们对面的松林，左首的溪水上，平添了不可言语比说的妩媚。惟有他们工余倦极的眼珠不阖，彼此不约而同今晚较往常多抽了两斗的烟，但他们矿火熏黑、煤块擦黑的面容。表示他们心灵的薄弱，在享乐烟斗以外，虽然秋月溪声的戟刺，也不能有精美情绪之反感。等月影移西一些，他们默默地扑出一斗灰，起身进屋，各自登床睡去。月光从屋背飘眼望进去，只见他们都已睡熟。他们即使有梦，也无非矿内矿外的景色！

月光渡过了爱尔兰海峡，爬上海尔佛林的高峰，正对着静默的红潭。潭水凝定得像一大块冰，铁青色。四围斜坦的小峰，全都满铺着蟹青和蛋白色的岩片碎石，一株矮树都没有。沿潭间有些丛草，那全体形势，正像一大青碗，现在满盛了清洁的月辉。静极了，草里不闻虫吟，水里不闻鱼跃。只有石缝里潜涧沥淅之声，断续地作响，仿佛一座大教堂里点着一星小火，益发对照出静穆宁寂的境界。月儿在铁色的潭面上，倦倚了半晌，重复扳起她的银泻，过山去了。

昨天船离了新加坡以后，方向从正东改为东北，所以前几天的船梢正对落日，此后“晚霞的工厂”渐渐移到我们船向的左手来了。

昨夜吃过晚饭上甲板的时候，船右一海银波，在犀利之中涵有幽秘的彩色。凄清的表情，引起了我的凝视。那放银光的圆球正挂在你头上，如其起靠着船头仰望。她今夜并不十分鲜艳，她精圆的芳容上似乎轻笼着一层藕灰色的薄纱，轻漾着一种悲喟的音调，轻染着几痕泪化的雾霭。她并不十分鲜艳，然而她素洁温柔的光线中，犹之少女浅蓝妙眼的斜瞟，犹之春阳融解在山巅白云的反映的嫩色，含有不可解的迷力、媚态。世间凡具有感觉性的人，只要承沐着她的清辉，就发生也是不可理解的反应，引起隐复的内心境界的紧张——像琴弦一样，——人生最微妙的情绪，戟震生命所蕴藏高洁名贵创现的冲动。有时在心理状态之前，或于同时，撼动躯体的组织，使感觉血液中突起冰流之冰流，嗅神经难禁之酸辛，内藏汹涌之跳动，泪腺之骤热与润湿。那就是秋月兴起的秋思——愁。

昨晚的月色就是秋思的泉源，岂止、直是悲哀幽骚悱怨沉郁的象征，是季候运转的伟剧中最神秘亦最自然的一幕，诗艺界最凄凉亦最微妙的一个消息。

今夜月明人尽望，不知秋思在谁家。

中国字形具有一种独一的妩媚，有几个字的结构，我看来纯是艺术家的匠心：这也是我们国粹之尤粹者之一。譬如“秋”字，已经是一个极美的字形；“愁”字更是文字史上有数的杰作；有石开湖晕，风扫松针的妙处，这一群点画的配置，简直经过柯罗的画篆，米佗朗其罗的雕圭，Chopin的神感；像——用一个科学的比喻——原子的结构，将旋转宇宙的大力收缩成一个无形无踪的电核。这十三笔造成的象征，似乎是宇宙和人生悲惨的现象和经验。吁喟和涕泪，所凝成最纯粹精密的结晶，充满了催迷的秘力。你若然有高蒂闲（Gautier）异超的知感性，定然可以梦到，愁字变形为秋霞黯绿色的通明宝玉，若用银槌轻击之，当吐银色的幽咽电蛇似腾入云天。

我并不是为寻秋意而看月，更不是为觅新愁而访秋月；蓄意沉浸于悲哀的生活，是丹德所不许的。我盖见月而感秋色，因秋窗而拈新愁：人是一簇脆弱而富于反射性的神经！

我重复回到现实的景色，轻裹在云锦之中的秋月，像一个遍体蒙纱的女郎，她那团圆清朗的外貌像新娘，但同时她幂弦的颜色，那是藕灰。她踟蹰的行踵，掩泣的痕迹，又使人疑是送丧的丽姝。所以我曾说：

“秋月呀，我不盼望你团圆。”

这是秋月的特色，不论她是悬在落日残照边的新镰，与“黄昏晓”竞艳的眉钩，中宵斗没西陲的金碗，星云参差间的银床，以至一轮腴满的中秋，不论盈昃高下，总在原来澄爽明秋之中，遍洒着一种我只能称之为“悲哀的轻霭”，和“传愁的以太”。即使你原来无愁，见此也禁不得沾染那“灰色的音调”，渐渐伤感起来！

秋月呀！
谁禁得起银指尖儿
浪漫的搔爬呵！

不信但看那一海的轻涛，可不是禁不住她一指的抚摩，在那里低徊饮泣呢！就是那：

无聊的云烟，
秋月的美满，
熏暖了飘心冷眼，
也清冷地穿上了轻缟的衣裳，
来参与这美满的婚姻和丧礼。

我所知道的康桥

一

我这一生的周折，大都寻得出感情的线索。不论别的，单说求学。我到英国是为要从罗素。罗素来中国时，我已经在美国。他那不确的死耗传到的时候，我真的出眼泪不够，还做悼诗来了。他没有死，我自然高兴。我摆脱了哥伦比亚大博士衔的引诱，买船票过大西洋，想跟这位二十世纪的福禄泰尔认真念一点书去。谁知一到英国才知道事情变样了：一为他在战时主张和平，二为他离婚，罗素叫康桥给除名了，他原来是Trinity College的Fellow，这一来他的Fellowship也给取消了。他回英国后就在伦敦住下，夫妻两人卖文章过日子。因此我也不曾遂我从学的始愿。我在伦敦政治经济学院里混了半年，正感着闷想换路走的时候，我认识了狄更生先生。狄更生（Galsworthy Lowes Dickinson）是一个有名的作者，他的《一个中国人通信》(Letters From John

Chinaman）与《一个现代聚餐谈话》（A Modern Symposium）两本小册子早得了我的景仰。我第一次会着他是在伦敦国际联盟协会席上，那天林宗孟先生演说，他做主席；第二次是宗孟寓里吃茶，有他。以后我常到他家里去。他看出我的烦闷，劝我到康桥去，他自己是王家学院（Kings College）的Fellow。我就写信去问两个学院，回信都说学额早满了，随后还是狄更生先生替我去在他的学院里说好了，给我一个特别生的资格，随意选科听讲。从此黑方巾黑披袍的风光也被我占着了。初起我在离康桥六英里的乡下叫沙士顿地方租了几间小屋住下，同居的有我从前的夫人张幼仪女士与郭虞裳君。每天一早我坐街车（有时骑自行车）上学，到晚回家。这样的生活过了一个春，但我在康桥还只是个陌生人，谁都不认识，康桥的生活，可以说完全不曾尝着，我知道的只是一个图书馆，几个课室，和三两个吃便宜饭的茶食铺子。狄更生常在伦敦或是大陆上，所以也不常见他。那年的秋季我一个人回到康桥，整整有一学年，那时我才有机会接近真正的康桥生活，同时我也慢慢的“发见”了康桥。我不曾知道过更大的愉快。

二

“单独”是一个耐寻味的现象。我有时想它是任何发见的第一个条件。你要发见你朋友的“真”，你得有与他单独的机会。你要发见你自己的真，你得给你自己一个单独的机会。你要发见一个地方（地方一样有灵性），你也得有单独玩的机会。我们这一辈子，认真说，能认识几个人？能认识几个地方？我们都是太匆忙，太没有单独的机会。说实话，我连我的本乡都没有什么了解。康桥我要算是有相当交情的，再次许只有新认识的翡冷翠了。阿，那些清晨，那些黄昏，我一个人发痴似的在康桥！绝对的单独。

但一个人要写他最心爱的对象，不论是人是地，是多么使他为难的一个工作？你怕，你怕描坏了它，你怕说过分了恼了它，你怕说太谨慎了辜负了它。我现在想写康侨，也正是这样的心理，我不曾写，我就知道这回是写不好的——况且又是临时逼出来的事情。但我却不能不写，上期预告已经出去了。我想勉强分两节写，一是我所知道的康桥的天然景色，一是我所知道的康桥的学生生活。我今晚只能极简的写些，等以后有兴会时再补。

三

康桥的灵性全在一条河上；康河，我敢说，是全世界最秀丽的一条水。河的名字是葛兰大（Granta），也有叫康河（River Cam）的，许有上下流的区别，我不甚清楚。河身多的是曲折，上游是有名的拜伦潭（“Byron’s Pool”），当年拜伦常在那里玩的；有一个老村子叫格兰骞斯德，有一个果子园，你可以躺在累累的桃李树荫下吃茶，花果会掉入你的茶杯，小雀子会到你桌上来啄食，那真是别有一番天地。这是上游；下游是从骞斯德顿下去，河面展开，那是春夏间竞舟的场所。上下河分界处有一个坝筑，水流急得很，在星光下听水声，听近村晚钟声，听河畔倦牛刍草声，是我康桥经验中最神秘的一种：大自然的优美，宁静，调谐在这星光与波光的默契中不期然的淹入了你的性灵。

但康河的精华是在它的中权，著名的“Backs”，这两岸是几个最蜚声的学院的建筑。从上面下来是Pembroke，St. Katharine’s，King’s，Clare，Trinity，St. John’s。最令人留连的一节是克莱亚与王家学院的毗连处，克莱亚的秀丽紧邻着王家教堂（King’s Chapel）的闳伟。别的地方尽有更美更庄严的建筑，例如巴黎赛因河的罗浮宫一带，威尼斯的利阿尔多大桥的两岸，翡冷翠维基乌大桥的周遭；但康桥的“Backs”自有它的特长，这不容易用一二个状词来概括，它那脱尽尘埃气的一种清澈秀逸的意境可说是超出了画图而化生了音乐的神味。再没有比这一群建筑更调谐更匀称的了！论画，可比的许只有柯罗（Corot）的田野；论音乐，可比的许只有肖邦（Chopin）的夜曲。就这也不能给你依稀的印象，它给你的美感简直是神灵性的一种。

假如你站在王家学院桥边的那棵大椈树荫下眺望，右侧面，隔着一大方浅草坪，是们的校友居（Fellows Building），那年代并不早，但它的妩媚也是不可掩的，它那苍白的石壁上春夏间满缀着艳色的蔷薇在和风中摇头，更移左是那教堂，森林似的尖阁不可浼的永远直指着天空；更左是克莱亚，阿！那不可信的玲珑的方庭，谁说这不是圣克莱亚（St. Clare）的化身，那一块石上不闪耀着她当年圣洁的精神？在克莱亚后背隐约可辨的是康桥最潢贵最骄纵的三清学院（Trinity），它那临河的图书楼上坐镇着拜伦神采惊人的雕像。

但这时你的注意早已叫克莱亚的三环洞桥魔术似的摄住。你见过西湖白堤上的西泠断桥不是（可怜它们早已叫代表近代丑恶精神的汽车公司给踩平了，现在它们跟着苍凉的雷峰永远辞别了人间）？你忘不了那桥上斑驳的苍苔，木栅的古色，与那桥拱下泄露的湖光与山色不是？克莱亚并没有那样体面的衬托，它也不比庐山栖贤寺旁的观音桥，上瞰五老的奇峰，下临深潭与飞瀑；它只是怯怜怜的一座三环洞的小桥，它那桥洞间也只掩映着细纹的波鳞与婆娑的树影，它那桥上栉比的小穿阑与阑节顶上双双的白石球，也只是村姑子头上不夸张的香草与野花一类的装饰；但你凝神的看着，更凝神的看着，你再反省你的心境，看还有一丝屑的俗念沾滞不？只要你审美的本能不曾汩灭时，这是你的机会实现纯粹美感的神奇！

但你还得选你赏鉴的时辰。英国的天时与气候是走极端的。

冬天是荒谬的坏，逢着连绵的雾盲天你一定不迟疑的甘愿进地狱本身去试试；春天（英国是几乎没有夏天的）是更荒谬的可爱，尤其是它那四五月间最渐缓最艳丽的黄昏，那才真是寸寸黄金。在康河边上过一个黄昏是一服灵魂的补剂。阿！我那时蜜甜的单独，那时蜜甜的闲暇。一晚又一晚的，只见我出神似的倚在桥阑上向西天凝望——

看一回凝静的桥影，

数一数螺细的波纹：

我倚暖了石阑的青苔，

青苔凉透了我的心坎；……

还有几句更笨重的怎能仿佛那游丝似轻妙的情景：

难忘七月的黄昏，远树凝寂，

像墨泼的山形，衬出轻柔暝色，

密稠稠，七分鹅黄，三分橘绿，

那妙意只可去秋梦边缘捕捉；……

四

这河身的两岸都是四季常青最葱翠的草坪。从校友居的楼上望去，对岸草场上，不论早晚，永远有十数匹黄牛与白马，胫蹄没在恣蔓的草丛中，从容的在咬嚼，星星的黄昏在风中动荡，应和着它们尾鬃的扫拂。桥的两端有斜倚的垂柳与椈荫护住。水是澈底的清澄，深不足四尺，匀匀的长着长条的水草。这岸边的草坪又是我的爱宠，在清朝，在傍晚，我常去这天然的织锦上坐地，有时读书，有时看水；有时仰卧着看天空的行云，有时反仆着搂抱大地的温软。

但河上的风流还不止两岸的秀丽。你得买船去玩。船不止一种：有普通的双桨划船，有轻快的薄皮舟（Canoe），有最别致的长形撑篙船（Punt）。最末的一种是别处不常有的：约莫有二丈长，三尺宽，你站直在船艄上用长竿撑着走的。这撑是一种技术。我手脚太蠢，始终不曾学会。你初起手尝试时，容易把船身横住在河中，东颠西撞的狼狈。英国人是不轻易开口笑人的，但是小心他们不出声的皱眉！也不知有多少次河中本来悠闲的秩序叫我这莽撞的外行给捣乱了。我真的始终不曾学会；每回我不服输跑去租船再试的时候，有一个白胡子的船家往往带讥讽的对我说："先生，这撑船费劲，天热累人，还是拿个薄皮舟溜溜吧！"我哪里肯听话，长篙子一点就把船撑了开去，结果还是把河身一段段的腰斩了去！

你站在桥上去看人家撑，那多不费劲，多美！尤其在礼拜天有几个专家的女郎，穿一身缟素衣服，裙裾在风前悠悠的飘着，戴一顶宽边的薄纱帽，帽影在水草间颤动，你看她们出桥洞时的恣态，捻起一根竟像没分量的长竿，只轻轻的，不经心的往波心里一点，身子微微的一蹲，这船身便波的转出了桥影，翠条鱼似的向前滑了去。她们那敏捷，那闲暇，那轻盈，真是值得歌咏的。

在初夏阳光渐暖时你去买一支小船，划去桥边荫下躺着念你的书或是做你的梦，槐花香在水面上飘浮，鱼群的唼喋声在你的耳边挑逗。或是在初秋的黄昏，近着新月的寒光，望上流僻静处远去。爱热闹的少年们携着他们的女友，在船沿上支着双双的东洋彩纸灯，带着话匣子，船心里用软垫铺着，也开向无人迹处去享他们的野福——谁不爱听那水底翻的音乐在静定的河上描写梦意与春光！

住惯城市的人不易知道季候的变迁。看见叶子掉知道是秋，看见叶子绿知道是春；天冷了装炉子，天热了拆炉子；脱下棉袍，换上夹袍，脱下夹袍，穿上单袍；不过如此罢了。天上星斗的消息，地下泥土里的消息，空中风吹的消息，都不关我们的事。忙着哪，这样那样事情多着，谁耐烦管星星的移转，花草的消长，风云的变幻？同时我们抱怨我们的生活，苦痛，烦闷，拘束，枯燥，谁肯承认做人是快乐？谁不多少间咒诅人生？

但不满意的生活大都是由于自取的。我是一个生命的信仰者，我信生活绝不是我们大多数人仅仅从自身经验推得的那样暗惨。我们的病根是在“忘本”。人是自然的产儿，就比枝头的花与鸟是自然的产儿；但我们不幸是文明人，人世深似一天，离自然远似一天。离开了泥土的花草，离开了水的鱼，能快活吗？能生存吗？从大自然，我们取得我们的生命；从大自然，我们应分取得我们继续的滋养。那一株婆娑的大木没有盘错的根底深入在无尽藏的地里？我们是永远不能独立的。有幸福是永远不离母亲抚育的孩子，有健康是永远接近自然的人们。不必一定与鹿豕游，不必一定回“洞府”去；为医治我们当前生活的枯窘，只要“不完全遗忘自然”一张轻淡的药方我们的病象就有缓和的希望。在青草里打几个滚，到海水里洗几次浴，到高处去看几次朝霞与晚照——你肩背上的负担就会轻松了去的。

这是极肤浅的道理，当然。但我要没有过过康桥的日子，我就不会有这样的自信。我这一辈子就只那一春，说也可怜，算是不曾虚度。就只那一春，我的生活是自然的，是真愉快的！（虽则碰巧那也是我最感受人生痛苦的时期。）我那时有的是闲暇，有的是自由，有的是绝对单独的机会。说也奇怪，竟像是第一次，我辨认了星月的光明，草的青，花的香，流水的殷勤。我能忘记那初春的睥睨吗？曾经有多少个清晨我独自冒着冷去薄霜铺地的林子里闲步——为听鸟语，为盼朝阳，为寻泥土里渐次苏醒的花草，为体会最微细最神妙的春信。阿，那是新来的画眉在那边凋不尽的青枝上试它的新声！阿，这是第一朵小雪球花挣出了半冻的地面！阿，这不是新来的潮润沾上了寂寞的柳条？

静极了，这朝来水融融的大道，只远处牛奶车的铃声，点缀这周遭的沉默。顺着这大道走去，走到尽头，再转入林子里的小径，往烟雾浓密处走去，头顶是交枝的榆荫，透露着漠楞楞的曙色；再往前走去，走尽这林子，当前是平坦的原野，望见了村舍，初青的麦田，更远三两个馒形的小山掩住了一条通道。天边是雾茫茫的，尖尖的黑影是近村的教寺。听，那晓钟和缓的清音。这一带是此邦中部的平原，地形像是海里的轻波，默沉沉的起伏；山岭是望不见的，有的是常青的草原与沃腴的田壤。登那土阜上望去，康桥只是一带茂林，拥戴着几处娉婷的尖阁。妩媚的康河也望不见踪迹，你只能循着那锦带似的林木想象那一流清浅。村舍与树林是这地盘上的棋子，有村舍处有佳荫，有佳荫处有村舍。这早起是看炊烟的时辰：朝雾渐渐的升起，揭开了这灰苍苍的天幕（最好是微霰后的光景），远近的炊烟，成丝的，成缕的，成卷的，轻快的，迟重的，浓灰的，淡青的，惨白的，在静定的朝气里渐渐的上腾，渐渐的不见，仿佛是朝来人们的祈祷，参差的翳入了天厅。朝阳是难得见的，这初春的天气。但它来时是起早人莫大的愉快。顷刻间这田野添深了颜色，一层轻纱似的金粉糁上了这草，这树，这通道，这庄舍。顷刻间这周遭弥漫了清晨富丽的温柔。顷刻间你的心怀也分润了白天诞生的光荣。“春”！这胜利的晴空仿佛在你的耳边私语。“春”！你那快活的灵魂也仿佛在那里回响。

…… ……

伺候着河上的风光，这春来一天有一天的消息。关心石上的苔痕，关心败草里的花鲜，关心这水流的缓急，关心水草的滋长，关心天上的云霞，关心新来的鸟语。怯怜怜的小雪球是探春信的小使。铃兰与香草是欢喜的初声。窈窕的莲馨，玲珑的石水仙，爱热闹的克罗克斯，耐辛苦的蒲公英与雏菊——这时候春光已是缦烂在人间，更不须殷勤问讯。

瑰丽的春放。这是你野游的时期。可爱的路政，这里不比中国，那一处不是坦荡荡的大道？徒步是一个愉快，但骑自转车是一个更大的愉快。在康桥骑车是普遍的技术；妇人，稚子，老翁，一致享受这双轮舞的快乐。（在康桥听说自转车是不怕人偷的，就是为人人都自己有车，没人要偷。）任你选一个方向，任你上一条通道，顺着这带草味的和风，放轮远去，保管你这半天的逍遥是你性灵的补剂。这道上有的是清荫与美草，随地都可以供你休憩。你如爱花，这里多的是锦绣似的草原。你如爱鸟，这里多的是巧啭的鸣禽。你如爱儿童，这乡间到处是可亲的稚子。你如爱人情，这里多的是不嫌远客的乡人，你到处可以“挂单”借宿，有酪浆与嫩薯供你饱餐，有夺目果鲜恣你尝新。你如爱酒，这乡间每“望”都为你储好的新酿，黑啤如太浓，苹果酒姜酒都是供你解渴润肺的。……带一卷书，走十里路，选一块清静地，看天，听鸟，读书，倦了时，和身在草绵绵处寻梦去——你能想象更适情更适性的消遣吗？

陆放翁有一联诗句：“传呼快马迎新月，却上轻舆趁晚凉；”这是做地方官的风流。我在康桥时虽没有马骑，没有轿子坐，却也有我的风流：我常常在夕阳西晒时骑了车迎着天边扁大的日头直追。日头是追不到的，我没有夸父的荒诞，但晚景的温存却被我这样偷尝了不少。有三两幅画图似的经验至今还是栩栩的留着。只说看夕阳，我们平常只知道登山或是临海，但实际只须辽阔的天际，平地上的晚霞有时也是一样的神奇。有一次我赶到一个地方，手把着一家村庄的篱笆，隔着一大田的麦浪，看西天的变幻。有一次是正冲着一条宽广的大道，过来一群羊，放草归来的，偌大的太阳在它们后背放射着万缕的金辉，天上却是乌青青的，只剩这不可逼视的威光中的一条大路，一群生物！我心头顿时感着神异性的压迫，我真的跪下了，对着这冉冉渐翳的金光。再有一次是更不可忘的奇景，那是临着一大片望不到头的草原，满开着艳红的罂粟，在青草里亭亭的像是万盏的金灯，阳光从褐色云里斜着过来，幻成一种异样的紫色，透明似的不可逼视，刹那间在我迷眩了的视觉中，这草田变成了……不说也罢，说来你们也是不信的！

一别二年多了，康桥，谁知我这思乡的隐忧？也不想别的，我只要那晚钟撼动的黄昏，没遮拦的田野，独自斜倚在软草里，看第一个大星在天边出现！

一九二六年一月十四日至一月二十三日作

戴望舒

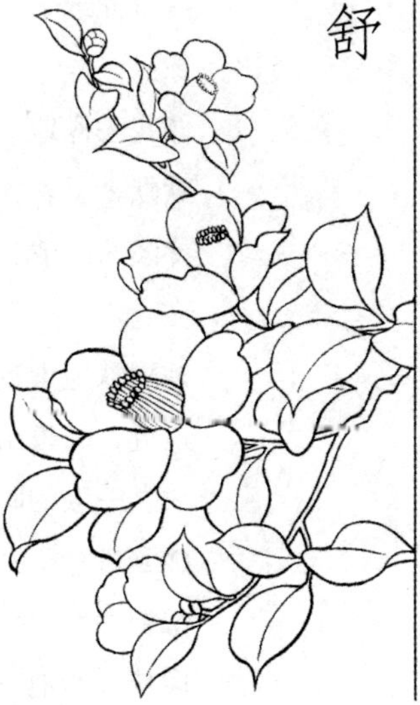

雨巷

撑着油纸伞，独自
彷徨在悠长，悠长
又寂寥的雨巷，
我希望逢着
一个丁香一样地
结着愁怨的姑娘。

她是有
丁香一样的颜色，
丁香一样的芬芳，
丁香一样的忧愁，
在雨中哀怨，
哀怨又彷徨；

她彷徨在这寂寥的雨巷，
撑着油纸伞
像我一样，
像我一样地
默默彳亍着，
冷漠，凄清，又惆怅。

她静默地走近
走近，又投出
太息一般的眼光，
她飘过
像梦一般地，
像梦一般地凄婉迷茫。

像梦中飘过
一枝丁香地，
我身旁飘过这女郎；
她静默地远了，远了，
到了颓圮的篱墙，
走尽这雨巷。

在雨的哀曲里，
消了她的颜色，
散了她的芬芳，
消散了，甚至她的
太息般的眼光，
她丁香般的惆怅。

撑着油纸伞，独自
彷徨在悠长，悠长
又寂寥的雨巷，
我希望飘过
一个丁香一样地
结着愁怨的姑娘。

寻梦者

梦会开出花来的，
梦会开出娇妍的花来的：
去求无价的珍宝吧。

在青色的大海里，
在青色的大海的底里，
深藏着金色的贝一枚。

你去攀九年的冰山吧，
你去航九年的旱海吧，
然后你逢到那金色的贝。

它有天上的云雨声，
它有海上的风涛声，
它会使你的心沉醉。

把它在海水里养九年，
把它在天水里养九年，
然后，它在一个暗夜里开绽了。

当你鬓发斑斑了的时候，
当你眼睛朦胧了的时候，
金色的贝吐出桃色的珠。

把桃色的珠放在你怀里，
把桃色的珠放在你枕边，
于是一个梦静静地升上来了。

你的梦开出花来了。
你的梦开出娇妍的花来了，
在你已衰老了的时候。

到我这里来

到我这里来，假如你还存在着，
全裸着，披散了你的发丝：
我将对你说那只有我们两人懂得的话。

我将对你说为什么蔷薇有金色的花瓣，
为什么你有温柔而馥郁的梦，
为什么锦葵会从我们的窗间探首进来。

人们不知道的一切我们都会深深了解，
除了我的手的颤动和你的心的奔跳；
不要怕我发着异样的光的眼睛，
向我来：你将在我的臂间找到舒适的卧榻。

可是，啊，你是不存在着了，
虽则你的记忆还使我温柔地颤动，
而我是徒然地等待着你，每一个傍晚，
在菩提树下，沉思地，抽着烟。

二月

春天已在野菊的头上逡巡着了，
春天已在斑鸠的羽上逡巡着了，
春天已在青溪的藻上逡巡着了，
绿荫的林遂成为恋的众香国。

于是原野将听倦了谎话的交换，
而不载重的无邪的小草
将醉着温软的皓体的甜香；

于是，在暮色冥冥里
我将听了最后一个游女的惋叹，
拈着一支蒲公英缓缓地归去。

乐园鸟

飞着，飞着，春，夏，秋，冬，
星，夜，没有休止，
华羽的乐园鸟，
这是幸福的云游呢，
还是永恒的苦役？

渴的时候也饮露，
饥的时候也饮露，
华羽的乐园鸟，
这是神仙的佳肴呢，
还是为了对于天的乡思？

是从乐园里来的呢，
还是到乐园里去的？
华羽的乐园鸟，
在茫茫的青空中，
也觉得你的路途寂寞吗？

假使你是从乐园里来的，
可以对我们说吗，
华羽的乐园鸟，
自从亚当，夏娃被逐后，
那天上的花园已荒芜到怎样了？

夕阳下

晚云在暮天上散锦，
溪水在残日里流金；
我瘦长的影子飘在地上，
像山间古树底寂寞的幽灵。

远山啼哭得紫了，
哀悼着白日底长终；
落叶却飞舞欢迎
幽夜底衣角，那一片清风。

荒冢里流出幽古的芬芳，
在老树枝头把蝙蝠迷上，
它们缠绵琐细的私语
在晚烟中低低地回荡。

幽夜偷偷地从天末归来，
我独自还恋恋地徘徊；
在这寂寞的心间，我是
消隐了忧愁，消隐了欢快。

不要这样盈盈地相看

不要这样盈盈地相看，
把你伤感的头儿垂倒，
静，听啊，远远地，在林里，
在死叶上的希望又醒了。

是一个昔日的希望，
它沉睡在林里已多年；
是一个缠绵烦琐的希望，
它早在遗忘里沉湮。

不要这样盈盈地相看，
把你伤感的头儿垂倒，
这一个昔日的希望，
它已被你惊醒了。

这是缠绵烦琐的希望，
如今已被你惊起了，
它又要依依地前来
将你与我烦扰。

不要这样盈盈地相看，
把你伤感的头儿垂倒，
静，听啊，远远地，从林里，
惊醒的昔日的希望来了。

秋天的梦

迢遥的牧女的羊铃
摇落了轻的树叶。

秋天的梦是轻的，
那是窈窕的牧女之恋。

于是我的梦是静静地来了，
但却载着沉重的昔日。

唔，现在，我是有一些寒冷，
一些寒冷，和一些忧郁。

我的恋人

我将对你说我的恋人，
我的恋人是一个羞涩的人，
她是羞涩的，有着桃色的脸，
桃色的嘴唇，和一颗天青色的心。

她有黑色的大眼睛，
那不敢凝看我的黑色的大眼睛——
不是不敢，那是因为她是羞涩的；
而当我依在她胸头的时候，
你可以说她的眼睛是变换了颜色，
天青的颜色，她的心的颜色。

她有纤纤的手，
它会在我烦忧的时候安抚我，
她有清朗而爱娇的声音，
那是只向我说着温柔的，
温柔到销融了我的心的话的。

她是一个静娴的少女，
她知道如何爱一个爱她的人，
但是我永远不能对你说她的名字，
因为她是一个羞涩的恋人。

霜花

九月的霜花，
十月的霜花，
雾的娇女，
开到我鬓边来。

装点着秋叶，
你装点了单调的死，
雾的娇女，
来替我簪你素艳的花。

你还有珍珠的眼泪吗?
太阳已不复重燃死灰了。
我静观我鬓丝的零落，
于是我迎来你所装点的秋。

路上的小语

——给我吧，姑娘，那朵簪在你发上的
小小的青色的花，
它是会使我想起你底温柔来的。

——它是到处都可以找到的，
那边，你看，在树林下，在泉边，
而它又只会给你悲哀的记忆的。

——给我吧，姑娘，你底像花一样地燃着的，
像红宝石一样地晶耀着的嘴唇，
它会给我蜜底味，酒底味。

——不，它只有青色的橄榄底味，
和未熟的苹果底味，
而且是不给说谎的孩子的。

——给我吧，姑娘，那在你衫子下的
你的火一样的，十八岁的心，
那里是盛着天青色的爱情的。

——它是我的，是不给任何人的，
除非别人愿意把他自己底真诚的
来作一个交换，永恒地。

寒风中闻雀声

枯枝在寒风里悲叹，
死叶在大道上萎残；
雀儿在高唱韭露歌，
一半儿是自伤自感。

大道上寂寞凄清，
高楼上悄悄无声，
只那孤岑的雀儿
伴着孤岑的少年人。

寒风吹老了树叶，
又来吹老少年底华鬓，
更在他底愁怀里
将一丝的温馨吹尽。

唱啊，我同情的雀儿，
唱破我芬芳的梦境；
吹吧，你无情的风儿，
吹断了我飘摇的微命。

有赠

谁曾为我束起许多花枝，
灿烂过又憔悴了的花枝，
谁曾为我穿起许多泪珠，
又倾落到梦里去的泪珠？

我认识你充满了怨恨的眼睛，
我知道你愿意缄在幽暗中的话语，
你引我到了一个梦中，
我却又在另一个梦中忘了你。

我的梦和我的遗忘中的人，
哦，受过我暗自祝福的人，
终日有意地灌溉着蔷薇，
我却无心地让寂寞的兰花愁谢。

我用残损的手掌

摸索这广大的土地：
这一角已变成灰烬，
那一角只是血和泥；
这一片湖该是我的家乡，
（春天，堤上繁花如锦障，
嫩柳枝折断有奇异的芬芳，）
我触到荇藻和水的微凉；
这长白山的雪峰冷到彻骨，
这黄河的水夹泥沙在指间滑出；
江南的水田，你当年新生的禾草，
是那么细，那么软……现在只有蓬蒿；
岭南的荔枝花寂寞地憔悴，
尽那边，我蘸着南海没有渔船的苦水……
无形的手掌掠过无限的江山，
手指沾了血和灰，手掌粘了阴暗，
只有那辽远的一角依然完整，
温暖，明朗，坚固而蓬勃生春。
在那上面，我用残损的手掌轻抚，
像恋人的柔发，婴孩手中乳。
我把全部的力量运在手掌
贴在上面，寄与爱和一切希望，
因为只有那里是太阳，是春，
将驱逐阴暗，带来苏生，
因为只有那里我们不像牲口一样活，
蝼蚁一样死……那里，永恒的中国！

一九四二年七月三日

狱中题壁

如果我死在这里，
朋友啊，不要悲伤，
我会永远地生存
在你们的心上。

你们之中的一个死了，
在日本占领地的牢里，
他怀着的深深仇恨，
你们应该永远地记忆。

当你们回来，从泥土
掘起他伤损的肢体，
用你们胜利的欢呼
把他的灵魂高高扬起，

然后把他的白骨放在山峰，
曝着太阳，沐着飘风：
在那暗黑潮湿的土牢，
这曾是他唯一的美梦。

一九四二年四月二十七日

见毋忘我花

为你开的
为我开的毋忘我花，
为了你的怀念，
为了我的怀念，
它在陌生的太阳下，
陌生的树林间，
谦卑地，悒郁地开着。

在僻静的一隅，
它为你向我说话，
它为我向你说话；
它重数我们用凝望
远方的潮润的眼睛
在沉默中所说的话，
而它的语言又是
像我们的眼一样沉默。

开着吧，永远开着吧，
罣虑我们的小小的青色的花。

深闭的园子

五月的园子
已花繁叶满了，
浓荫里却静无鸟喧。

小径已铺满苔藓，
而篱门的锁也锈了——
主人却在迢遥的太阳下。

在迢遥的太阳下，
也有璀璨的园林吗？

陌生人在篱边探首，
空想着天外的主人。

印象

是飘落深谷去的
幽微的铃声吧，
是航到烟水去的
小小的渔船吧，
如果是青色的真珠；
它已堕到古井的暗水里。

林梢闪着的颓唐的残阳，
它轻轻地敛去了
跟着脸上浅浅的微笑。

从一寂寞的地方起来的，
迢遥的，寂寞的呜咽，
又徐徐回到寂寞的地方，寂寞地。

秋天

再过几日秋天是要来了，
默坐着，抽着陶器的烟斗，
我已隐隐地听见它的歌吹
从江水的船帆上。

它是在奏着管弦乐：
这个使我想起做过的好梦；
从前我认它是好友是错了，
因为它带了忧愁来给我。

林间的猎角声是好听的，
在死叶上的漫步也是乐事，
但是，独身汉的心地我是很清楚的，
今天，我是没有闲雅的兴致。

我对它没有爱也没有恐惧，
我知道它所带来的东西的重量，
我是微笑着，安坐在我的窗前，
当浮云带着恐吓的口气来说：秋天要来了，

致萤火

萤火，萤火，
你来照我。

照我，照这沾露的草，
照这泥土，照到你老。

我躺在这里，让一颗芽
穿过我的躯体，我的心，
长成树，开花；

让一片青色的藓苔，
那么轻，那么轻
把我全身遮盖，

像一双小手纤纤，
当往日我在昼眠，
把一条薄被
在我身上轻披。

我躺在这里
咀嚼着太阳的香味；
在什么别的天地，
云雀在青空中高飞。

萤火，萤火，
给一缕细细的光线——
够担得起记忆，
够把沉哀来吞咽！

白蝴蝶

给什么智慧给我，
小小的白蝴蝶，
翻开了空白之页，
合上了空白之页？

翻开的书页：
寂寞；
合上的书页：
寂寞。

一九四〇年五月三日

在天晴了的时候

在天晴了的时候，
该到小径中去走走：
给雨润过的泥路，
一定是凉爽又温柔；
炫耀着新绿的小草，
已一下子洗净了尘垢；
不再胆怯的小白菊，
慢慢地抬起它们的头，
试试寒，试试暖，
然后一瓣瓣地绽透；
抖去水珠的凤蝶儿
在木叶间自在闲游，
把它的饰彩的智慧书页
曝着阳光一开一收。

到小径中去走走吧，
在天晴了的时候：
赤着脚，携着手，
踏着新泥，涉过溪流。

新阳推开了阴霾了，
溪水在温风中晕皱，
看山间移动的暗绿——
云的脚迹——它也在闲游。

一九四四年六月二日

秋夜思

谁家动刀尺？
心也需要秋衣。

听鲛人的召唤，
听木叶的呼息！
风从每一条脉络进来，
窃听心的枯裂之音。

诗人云：心即是琴。
谁听过那古旧的阳春白雪？
为真知的死者的慰藉，
有人已将它悬在树梢，
为天籁之凭托——
但曾一度谛听的飘逝之音。

而断裂的吴丝蜀桐
仅使人从弦柱间思忆华年。

一九三五年七月六日

小曲

啼倦的鸟藏喙在彩翎间，
音的小灵魂向何处翩跹？
老去的花一瓣瓣委尘土，
香的小灵魂在何处流连？

它们不能在地狱里，不能，
这那么好，那么好的灵魂！
那么是在天堂，在乐园里？
摇摇头，圣彼得可也否认。

没有人知道在哪里，没有，
诗人却微笑而三缄其口：
有什么东西在调和氤氲，
在他的心的永恒的宇宙。

一九三六年五月十四日

夜蛾

绕着蜡烛的圆光，
夜蛾作可怜的循环舞，
这些众香国的谪仙不想起
已死的虫，未死的叶。

说这是小睡中的亲人，
飞越关山，飞越云树，
来慰藉我们的不幸，
或者是怀念我们的死者，
被记忆所逼，离开了寂寂的夜台来。

我却明白它们就是我自己，
因为它们用彩色的大绒翅
遮覆住我的影子，
让它留在幽暗里。
这只是为了一念，不是梦，
就像那一天我化成凤。

一九三六年十二月二十六日

回了心儿吧

回了心儿吧，Ma chère ennemie，
我从今不更来无端地烦恼你。

你看我啊，你看我伤碎的心，
我惨白的脸，我哭红的眼睛！

回来啊，来一抚我伤痕，
用盈盈的微笑或轻轻的一吻。

Aime un peu！我把无主的灵魂付你：
这是我无上的愿望和最大的冀希。

回了心儿吧，我这样向你泣诉，
Un peu d'amour，pour moi；c'est déjà trop！

林下的小语

走进幽暗的树林里
人们在心头感到了寒冷，
亲爱的，在心头你也感到寒冷吗，
当你拥在我怀里
而且把你的唇粘着我的时候？

不要微笑，亲爱的，
啼泣一些是温柔的，
啼泣吧，亲爱的，啼泣在我底膝上，
在我底胸头，在我底颈边。
啼泣不是一个短促的欢乐。

“追随我到世界的尽头，”
你固执地这样说着吗？
你说得多傻！你去追随天风吧！
我呢，我是比天风更轻，更轻，
是你永远追随不到的。

哦，不要请求我的心了！
它是我的，是只属于我的。
什么是我们的恋爱的纪念吗？
拿去吧，亲爱的，拿去吧，
这沉哀，这绛色的沉哀。

三顶礼

引起寂寂的旅愁的，
翻着软浪的暗暗的海，
我的恋人的发，
受我怀念的顶礼。

恋之色的夜合花，
佻达的夜合花，
我的恋人的眼，
受我沉醉的顶礼。

给我苦痛的螫的，
苦痛的但是欢乐的螫的，
你小小的红翅的蜜蜂，
我的恋人的唇，
受我怨恨的顶礼。

夜是

夜是清爽而温暖;
飘过的风带着青春和爱地香味,
我的头是靠在你裸着的膝上,
你想笑,而我却哭了。

温柔的是缢死在你地发上,
它是那么长,那么细,那么香;
但是我是怕着,那飘过的风
要把我们地青春带去。

我们只是被年海地波涛
挟着飘去的可怜的 é paves,
不要讲古旧的romance和理想的梦国了,
纵然你有柔情,我有眼泪。
我是怕着:那飘过的风
已把我们地青春和别人地一同带去了;
爱呵,你起来找一下吧,
它可曾把我们地爱情带去。

烦忧

说是寂寞的秋的悒郁，
说是辽远的海的怀念。
假如有人问我烦忧的原故，
我不敢说出你的名字。

我不敢说出你的名字。
假如有人问我烦忧的原故：
说是辽远的海的怀念，
说是寂寞的秋的悒郁。

刘半农

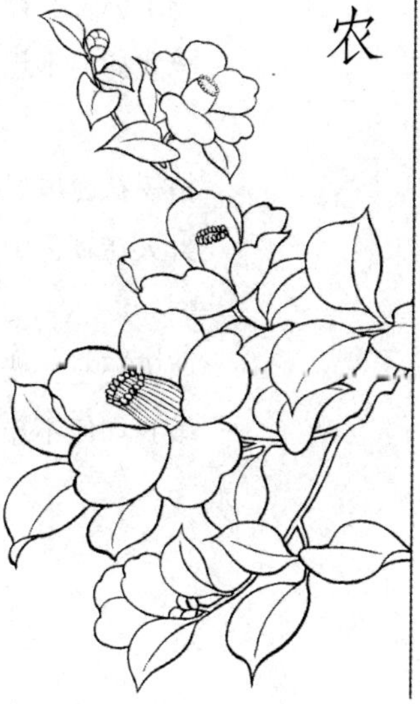

教我如何不想她

天上飘着些微云，
地上吹着些微风。
啊！
微风吹动了我头发，
教我如何不想她？

月光恋爱着海洋，
海洋恋爱着月光。
啊！
这般蜜也似的银夜，
教我如何不想她？

水面落花慢慢流，
水底鱼儿慢慢游。
啊！
燕子你说些什么话？
教我如何不想她？

枯树在冷风里摇，
野火在暮色中烧。
啊！
西天还有些残霞，
教我如何不想她？

一九二〇年九月四日，伦敦

我们俩

好凄冷的风雨啊！
我们俩紧紧的肩并着肩，手携着手，
向着前面的“不可知”，不住的冲走。
可怜我们全身都已湿透了，
而且冰也似的冷了，
不冷的只是相并的肩，相携的手了。

一九二一年八月十二日，巴黎

巴黎的秋夜

井般的天井：
看老了那阴森森的四座墙，
不容易见到一丝的天日。

什么都静了，
什么都昏了，
只飒飒的微风，
打玩着地上的一张落叶。

一九二一年八月二十日，巴黎

相隔一层纸

屋子里拢着炉火，
老爷吩咐开窗买水果，
说“天气不冷火太热，
别任它烤坏了我。”
屋子外躺着一个叫花子，
咬紧了牙齿对着北风喊“要死”！
可怜屋外与屋里，
相隔只有一层薄纸！

一九一七年，北京

卖乐谱

巴黎道上卖乐谱，一老龙锺八十许。
额襞丝丝刻苦辛，白须点滴湿泪雨。
喉枯气呃欲有言，哑哑格格不成语。
高持乐谱向行人，行人纷忙自来去。
我思巴黎十万知音人，谁将此老声音传入谱？

一九二一年九月五日，巴黎

一个小农家的暮

她在灶下煮饭，
新砍的山柴，
毕毕剥剥的响。
灶门里嫣红的火光，
闪着她嫣红的脸，
闪红了她青布的衣裳。

他衔着个十年的烟斗，
慢慢地从田里回来；
屋角里挂去了锄头，
便坐在稻床上，
调弄着只亲人的狗。

他还踱到栏里去，
看一看他的牛，
回头向她说：
“怎样了——
我们新酿的酒？”
门对面青山的顶上，
松树的尖头，
已露出了半轮的月亮。

孩子们在场上看着月，
还数着天上的星：
“一，二，三，四……”
“五，八，六，两……”

他们数，他们唱：
“地上人多心不平，
天上星多月不亮。”

落叶

秋风把树叶吹落在地上，
它只能悉悉索索，
发几阵悲凉的声响。

它不久就要化作泥；
但它留得一刻，
还要发一刻的声响，
虽然这已是无可奈何的声响了，
虽然这已是它最后的声响了。

一九一九年，秋

稻棚

凉爽的席，
松软的草，
铺成张小小的床；
棚角里碎碎屑屑的，
透进些银白的月亮光。

一片唧唧的秋虫声，
一片甜蜜蜜的新稻香——
这美妙的浪，
把我的幼年的梦托着翻着……
直翻到天上的天上！……

回来停在草叶上，
看那晶晶的露珠，
何等的轻！
何等的亮！……

一九二一年二月八日，伦敦

铁匠

叮当！叮当！
清脆的打铁声，
激动夜间沉默的空气。
小门里时时闪出红光，
愈显得外间黑漆漆地。

我从门前经过，
看见门里的铁匠。
叮当！叮当！
他锤子一下一上，
砧上的铁，
闪着血也似的光，
照见他额上淋淋的汗，
和他裸着的，宽阔的胸膛。

我走得远了
还隐隐的听见，
叮当！叮当！
朋友，
你该留心着这声音，
他永远的在沉沉的自然界中激荡。
你若回头过去，
还可以看见几点火花，
飞射在漆黑的地上。

一九一九年九月，北京

奶娘

我呜呜的唱着歌，
轻轻的拍着孩子睡。
孩子不要睡，
我可要睡了！
孩子还是哭，
我可不能哭。

我呜呜的唱着，
轻轻的拍着；
也不知道是什么时候了，
孩子才勉强的睡着，
我也才勉强的睡着。

我睡着了，
还在呜呜的唱，
还在轻轻的拍；
我梦里看见拍着我自己的孩子，
他热温温的在我胸口睡着……

“啊啦！”孩子又醒了，
我，我的梦，也就醒了。

一九二一年一月十九日，伦敦

在墨蓝的海洋深处

在墨蓝的海洋深处，暗礁的底里，起了一些些的微波，我们永世也看不见。但若推算它的来因与去果，它可直远到世界的边际啊！

在星光死尽的夜，荒村破屋之中，有什么个人呜呜的哭着，我们也永世听不见。但若推算它的来因与去果，一颗颗的泪珠，都可挥洒到人间的边际啊！

他，或她，只偶然做了个悲哀的中点。这悲哀的来去聚散，都经过了，穿透了我的，你的，一切幸运者的，不幸运者的心，可是我们竟全然不知道！这若不是人间的耻辱么？可免不了是人间最大的伤心啊！

一九二三年七月四日，巴黎

尽管是……

她住在我对窗的小楼中，
我们间远隔着疏疏的一园树。
我虽然天天的看见她，
却还是至今不相识。
正好比东海的云，
关不着西山的雨。

只天天夜晚，
她窗子里漏出些琴声，
透过了冷冷清清的月，
或透过了屑屑蒙蒙的雨，
叫我听着了无端的欢愉，
无端的凄苦；
可是此外没有什么了，
我与她至今不相识，
正好比东海的云，
关不着西山的雨。

这一幸的一天可就不同了，
我没听见琴声，
却隔着朦胧的窗纱，
看她傍着盏小红灯，
低头不住的写，
接着是捧头不住的哭，
哭完了接着又写，
写完了接着又哭，……
最后是长叹一声，

将写好的全都扯碎了！……
最后是一口气吹灭了灯，
黑沉沉的没有下文了！……

黑沉沉的没有下文了，
我也不忍再看下文了！
我自己也不知怎么着，
竟为了她的伤心，
陪着她伤心起来了。

我竟陪着她伤心起来了，
尽管是我们俩至今不相识；
我竟陪着她伤心起来了，
尽管是我们间
还远隔着疏疏的一园树；
我竟陪着她伤心起来了，
尽管是东海的云，
关不着西山的雨！

一九二三年七月九日，巴黎

回声

一

他看着白羊在嫩绿的草上，
慢慢的吃着走着。
他在一座黑压压的
树林的边头，
懒懒的坐着。
微风吹动了树上的宿雨，
冷冰冰的向他头上滴着。

他和着羊颈上的铃声，
低低的唱着。
他拿着枝短笛，
应着潺潺的流水声，
呜呜的吹着。

他唱着，吹着，
悠悠的想着；
他微微的叹息；
他火热的泪，
默默的流着。

二

该有吻般甜的蜜？
该有蜜般甜的吻？
有的？……
在哪里？……

“那里的海”，
无量数的波棱，
纵着，横着，
铺着，叠着，
翻着，滚着，……
我在这一个波棱中，
她又在那里？……

也似乎看见她，
玫瑰般的唇，
白玉般的体，……
只是眼光太钝了，
没看出面目来，
她便周身浴着耻辱的泪，
默默的埋入那
黑压压的树林里！

黑压压的树林，
我真看不透你，
我真已看透了你！
我不要你在大风中
向我说什么；
我也很柔弱，
不能钩鳄鱼的腮，
不能穿鳄鱼的鼻，
不能叫它哀求我，
不能叫它谄媚我；
我只是问，

她在哪里？
“哪里？”回声这么说。

唉！小溪里的水，
你盈盈的媚眼给谁看？
无聊的草，你怎年年的
替坟墓做衣裳？

去罢？——住着！——
住着？——去罢！——

这边是座旧坟，
下面是死人化成的白骨；
那边是座新坟，
下面是将化白骨的死人。

你！——你又怎么？
“你又怎么？”——回声这么说。

三

他火热的泪，
默默的流着；
他微微的叹息；
他悠悠的想着；
他还吹着，唱着：
他还拿着枝短笛，
应着潺潺的流水声，
呜呜的吹着；

他还和着羊颈上的铃声，
低低的唱着。

微风吹动了树上的宿雨，
冷冰冰的向他头上滴着；
他还在这一座黑压压的
树林的边头，
懒懒的坐着。
他还充满着愿望，
看着白羊在嫩绿的草上，
慢慢的吃着走着。

一九二一年二月十日，伦敦

雨

这全是小蕙的话，我不过替她做个速记，替她连串一下罢了。

妈！我今天要睡了——要靠着我的妈早些睡了。听！后面草地上，更没有半点声音；是我的小朋友们，都靠着他们的妈早些去睡了。

听！后面草地上，更没有半点声音；只是墨也似的黑！只是墨也似的黑！怕啊！野狗野猫在远远地叫，可不要来啊！只是那叮叮咚咚的雨，为什么还在那里叮叮咚咚的响？

妈！我要睡了！那不怕野狗野猫的雨，还在墨黑的草地上，叮叮咚咚的响。它为什么不回去呢？它为什么不靠着它的妈，早些睡呢？

妈！你为什么笑？你说它没有家么？——昨天不下雨的时候，草地上全是月光，它到哪里去了呢？你说它没有妈么？——

不是你前天说，天上的黑云，便是它的妈么？

妈！我要睡了！你就关上了窗，不要让雨来打湿了我们的床。你就把我的小雨衣借给雨，不要让雨打湿了雨的衣裳。

一九二〇年八月六日，伦敦

在一家印度饭店里

一

这是我们今天吃的食，这是佛祖当年乞的食。

这是什么？是牛油炒成的棕色饭。

这是什么？是芥厘拌着的薯和菜。

这是什么？是“陀勒”，是大豆做成的，是印度的国食。

这是什么？是蜜甜的“伽勒毗”，是莲花般白的乳油，是真实的印度味。

这雪白的是盐，这袈裟般黄的是胡椒，这罗毗般的红的是辣椒末。

这瓦罐里的是水，牟尼般亮，“空”般的清，“无”般的洁。这是太晤士中的水，但仍是恒伽河中的水？！

二

一个朋友向我说：你到此间来，你看见了印度的一线。

是，——那一线赭黄的，是印度的温暖的日光；那一线茶绿的，是印度的清凉的夜月。

多谢你！——你把我去年的印象，又搬到了今天的心上。

那绿沉沉的是你的榕树荫，我曾走倦了在它的下面休息过；那金光闪闪的是你的静海，我曾在它胸膛上立过，坐过，闲闲的躺过，低低的唱过，悠悠的想过；那白蒙蒙的是你亚当峰头的雾，我曾天没亮就起来，带着模模糊糊的晓梦赏玩过。

那冷而温润的，是你摩利迦东陀中的佛地：它从我火热的脚底，一些些的直清凉到我心地里。

多谢你，你给我这些个；但我不知道——你平原上的野草花，可还是自在的红着？你的船歌，你村姑牧子们唱的歌（是你美神的魂，是你自然的子），可还在村树的中间，清流的底里，回响着些自在的欢愉，自在的痛楚？

那草乱萤飞的黑夜，苦般罗又怎样的走进你的园？怎样的舞动它的舌？

朋友，为着我们是朋友，请你告诉我这些个。

注：印度食事，尚守数千年来旧俗，故云佛祖当年所乞食。

一九二一年三月十日，伦敦

饿

他饿了；他静悄悄的立在门口；他也不想什么，只是没精没采，把一个指头放在口中咬。

他看见门对面的荒场上，正聚集着许多小孩，唱歌的唱歌，捉迷藏的捉迷藏。

他想：我又何妨去？但是，我总觉得没有气力，我便坐在门槛上看看罢。

他眼看着地上的人影，渐渐的变长；他眼看着太阳的光，渐渐的变暗。“妈妈说的，这是太阳要回去睡觉了。”

他看见许多人家的烟囱，都在那里出烟；他看见天上一群群的黑鸦，咿咿呀呀的叫着，向远远的一座破塔上飞去。他说：“你们都回去睡觉了么？你们都吃饱了晚饭了么？”

他远望着夕阳中的那座破塔，尖头上生长着几株小树，许多枯草。他想着人家告诉他：那座破塔里，有一条“斗大的头的蛇！”他说：“哦！怕啊！”

他回进门去，看见他妈妈，正在屋后小园中洗衣服——是洗人家的衣服——一只脚摇着摇篮；摇篮里的小弟弟，却还不住的啼哭。他又恐怕他妈妈，向他垂着眼泪说，“大郎！你又来了！”他就一响也不响，重新跑了出来！

他爸爸是出去的了，他却不敢在空屋子里坐；他觉得黑沉沉的屋角里，闪动着一双睁圆的眼睛——不是别人的，恰恰是他爸爸的眼睛！

他一响也不响，重新跑了出来，——仍旧是没精没采的，咬着一个小指头；仍旧是没精没采，在门槛上坐着。

他真饿了！——饿得他的呼吸，也不平均了；饿得他全身的筋肉，竦竦的发抖！可是他并不啼哭，只在他直光的大眼眶里，微微有些泪痕！因为他是有过经验的了！——他啼哭过好多次，却还总得要等，要等他爸爸买米回来！

他想爸爸真好啊！他天天买米给我们吃。但是一转身，他又想着了——他想着他爸爸，有一双睁圆的眼睛！

他想到每吃饭时，他吃了一半碗，想再添些，他爸爸便睁圆了眼睛说：“小孩子不知道‘饱足’，还要多吃！留些明天吃吃罢！”他妈妈总是垂着眼泪说：“你便少喝一‘开’酒，让他多吃一口罢！再不然，便譬如是我——我多吃了一口！”他爸爸不说什么，却睁圆着一双眼睛！

他也不懂得爸爸的眼睛，为什么要睁圆着，他也不懂得妈妈的眼泪，为什么要垂下。但是，他就此不再吃，他就悄悄的走开了！

他还常常想着他姑母——“啊！——好久了！妈妈说，是三年了！”三年前，他姑母来时，带来两条咸鱼，一方咸肉。他姑母不久就去了，他却天天想着她。他还记得有一条咸鱼，挂在窗口，直挂到过年！

他常常问他的妈妈，“姑母呢？我的好姑母，为什么不来？”他妈妈说：“她住得远咧！——有五十里路，走要走一天！”

是呀，他天天是同样的想——他想着他妈妈，想着他爸爸，想着他摇篮里的弟弟，想着他姑母。他还想着那破塔中的一条蛇，他说：“它的头有斗一样大，不知道它两只眼睛，有多么大？”

他咬着指头，想着想着，直想到天黑。他心中想的，是天天一样，他眼中看见的，也是天天一样。

他又听见一声听惯的“哇……乌……”，他又看见那卖豆腐花的，把担了歇在对面的荒场上。孩子们都不游戏了，都围起那担子来，捧着小碗吃。

他也问过妈妈，“我们为什么不吃豆腐花？”妈妈说，“他们是吃了就不再吃晚饭的了！”他想，他们真可怜啊！只吃那一小碗东西，不饿的么？但是他很奇怪，他们为什么不饿？同时担子上的小火炉，煎着酱油，把香风一阵阵送来，教他分外的饿了！

天渐渐的暗了，他又看见五个看惯的木匠，依旧是背着斧头锯子，抽着黄烟走过。那个年纪最大的——他知道他名叫“老娘舅”——依旧是喝得满面通红，一跛一跛的走；一只手里，还提着半瓶黄酒。

他看着看着，直看到远远的破塔，已渐渐的看不见了；那荒场上的豆腐花担子，也挑着走了。他于是和天天一样，看见那边街头上，来了四个兵，都穿着红边马褂：两个拿着军棍，两个打着灯。后面是一个骑马的兵官，戴着圆圆的眼镜。

荒场上的小孩，远远的看见兵来，都说“夜了”！一下子就不见了！街头躺着一只黑狗，却跳了起来，紧跟着兵官的马脚，汪汪的嗥！

他也说，“夜了夜了！爸爸还不回来，我可要进去了！”他正要掩门，又看见一个女人，手里提着几条鱼，从他面前走过。他掩上了门，在微光中摸索着说：“这是什么人家的小孩的姑母啊！”

一九二〇年六月二十日，伦敦

闻一多

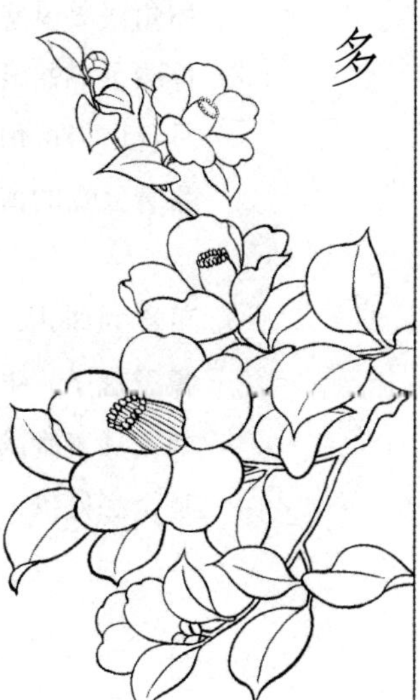

美与爱

窗子里吐出娇嫩的灯光——
两行鹅黄染底方块镶在墙上；
一双枣树的影子，像堆大蛇，
横七竖八地睡满了墙下。

啊！那颗大星儿！嫦娥底侣伴！
你无端伴住了我的视线；
我的心鸟立刻停了他的春歌，
因他听了你那无声的天乐。

听着，他竟不觉忘却了自己，
一心只要飞出去找你，
把监牢底铁槛也撞断了；
但是你忽然飞地不见了！

屋角底凄风悠悠叹了一声，
惊醒了懒蛇滚了几滚；
月色白得可怕，许是恼了？
张着大嘴的窗子又像笑了！

可怜的鸟儿，他如今回了，
嗓子哑了，眼睛瞎了，心也灰了；
两翅洒着滴滴的鲜血——
是爱底代价，美的罪孽！

幻中之邂逅

太阳落了，责任闭了眼睛，
屋里朦胧的黑暗凄酸的寂静，
钩动了一种若有若无的感情，
——快乐和悲哀之间底黄昏。
仿佛一簇白云，蒙蒙漠漠，
拥着一只素氅朱冠的仙鹤——
在方才淌进的月光里浸着，
那娉婷的模样就是他么？

我们都还没吐出一丝儿声响；
我刚才无心地碰着他的衣裳，
许多的秘密，便同奔川一样，
从这摩触中不歇地冲洄来往。

忽地里我想要问他到底是谁，
抬起头来……月在哪里？人在哪里？
从此狰狞的黑暗，咆哮的静寂，
便扰得我辗转空床，通夜无睡。

快乐

快乐好比生机：
生机底消息传到绮甸，
群花便立刻
披起五光十色的绣裳。

快乐跟我的
灵魂接了吻，我的世界
忽变成天堂，
住满了柔艳的安琪儿！

花儿开过了

花儿开过了，果子结实了；
一春底香雨被一夏底骄阳炙干了，
一夏底荣华被一秋底馋风扫尽了。
如今败叶枯枝，便是你的余剩了。

天寒风紧，冻哑了我的心琴；
我惯唱的颂歌如今竟唱不成。
但是，且莫伤心，我的爱，
琴弦虽不鸣了，音乐依然在。

只要灵魂不灭，记忆不死，纵使
你的荣华永逝，（这原是没有的事）
我敢说那已消的春梦底余痕，
还永远是你我的生命底生命！

况且永继的荣花，顷刻的凋落——
两两相形，又算得了些什么？
今冬底假眠，也不过是明春底
更烈的生命所必需的休息。

所以不怕花残，果烂，叶败，枝空，
那缜密的爱地根网总没一刻放松；
他总是绊着，抓着，咬着我的心，
他要抽尽我的生命供给你的生命！

爱呀！上帝不曾因青春底暂退，
就要将这个世界一齐捣毁，
我也不曾因你的花儿暂谢，
就敢失望，想另种一朵来代他！

青春

青春像只唱着歌的鸟儿，
已从残冬窟里闯出来，
驶入宝蓝的穹窿里去了。

神秘的生命，
在绿嫩的树皮里膨胀着，
快要送出带着鞘子的
翡翠的芽儿来了。

诗人啊！揩干你的冰泪，
快预备着你的歌儿，
也赞美你的苏生罢！

香篆

辗转在眼帘前，
萦回在鼻观里，
锤旋在心窝头——

心爱的人儿啊！
这样清幽的香，
只堪供祝神圣的你：

我祝你黛发长青！
又祝你朱颜长姣！
同我们的爱万寿无疆！

国手

爱人啊！你是个国手；
我们来下一盘棋；
我的目的不是要赢你，
但只求输给你——
将我的灵和肉
输得干干净净！

春寒

春啊！
正似美人一般，
无妨瘦一点儿！

爱之神——题画

啊！这么俊的一副眼睛——
两潭渊默的清波！
可怜孱弱的游泳者哟！
我告诉你回头就是岸了！

啊！那潭岸上的一带榛薮，
好分明的黛眉啊！
那鼻子，金字塔式的小邱，
恐怕就是情人底茔墓罢？

那里，不是两扇朱扉吗？
红得像樱桃一样，
扉内还露着编贝底屏风。
这里又不知安了什么陷阱！

啊！莫非是绮甸之乐园？
还是美底家宅，爱底祭坛？
呸！不是，都不是哦！
是死魔盘踞着的一座迷宫！

忏悔

啊！浪漫的生活啊！
是写在水面上的个“爱”字，
一壁写着，一壁没了；
白搅动些痛苦底波轮。

诗债

小小的轻圆的诗句，
是些当一的制钱——
在情人底国中
贸易死亡底通宝。

爱啊！慷慨的债主啊！
不等我偿清诗债
就这么匆忙地去了，
怎样也挽留不住。

但是字串还没毁哟！
这永久的本钱，
仍然在我账本上，
息上添息地繁衍。

若有一天你又回来，
爱啊！要做Shylock吗？
就把我心上的肉，
和心一起割给你罢！

别后

啊！那不速的香吻，
没关心的柔词……
啊！热情献来的一切的贽礼，
当时都大意地抛弃了，
于今却变作记忆底干粮，
来充这旅途底饥饿。

可是，有时同样的馈仪，
当时珍重地接待了，抚宠了；
反在记忆之领土里
刻下了生憎惹厌的痕迹。

啊！谁道不是变幻呢？
顷刻之间，热情与冷淡，
已经百度底乘除了。

谁道不是矛盾呢？
一般的香吻，一样的柔词，
才冷僵了骨髓，
又烧焦了纤维。

恶作剧的疟魔呀！
到底是谁遣你来的？
你在这一隙驹光之间，
竟教我更迭地
作了冰炭底化身！
恶作剧的疟魔哟！

黄昏

太阳辛苦了一天，
赚得一个平安的黄昏，
喜得满面通红，
一气直往山洼里狂奔。

黑暗好比无声的雨丝，
慢慢往世界上飘洒……
贪睡的合欢叠拢了绿鬓，钩下了柔颈，
路灯也一齐偷了残霞，换了金花；
单剩那喷水池
不怕惊破别家底酣梦，
依然活泼泼地高呼狂笑，独自玩耍。

饭后散步的人们，
好像刚吃饱了蜜的蜂儿一窠，
三三五五的都往
马路上头，板桥栏畔飞着。
嗡……嗡……嗡……听听唱的什么——
是花色底美丑？
是蜜味底厚薄？
是女王底专制？
是东风底残虐？

啊！神秘的黄昏啊！
问你这首玄妙的歌儿，
这辈嚣喧的众生
谁个唱的是你的真义？

风波

我戏将沉檀焚起来祀你，
哪知他会烧的这样狂！
他虽散满一世界底异香，
但是你的香吻没有抹尽的
那些渣滓，却化作了云雾
满天，把我的两眼障瞎了；
我看不见你，便放声大哭，
像小孩寻不见他的妈了。
立刻你在我耳旁低声地讲：
（但你的心也雷样地震荡）
“在这里：大惊小怪地闹些什么？
一个好教训哦！”说完了笑着。
爱人！这戏禁不得多演；
让你的笑焰把我的泪晒干！

春之首章

浴人灵魂的雨过了：
薄泥到处啮人底鞋底。
凉飔挟着湿润的土气
在鼻蕊间正冲突着。

金鱼儿今天许不大怕冷了？
个个都敢于浮上来呢！
东风苦劝执拗的蒲根，
将才睡醒的芽儿放了出来。
春雨过了，芽儿刚抽到寸长，
又被池水偷着吞去了。

亭子角上几根瘦硬的，
还没赶上春的榆枝，
印在鱼鳞似的天上；
像一页淡蓝的朵云笺，
上面涂了些僧怀素底
铁画银钩的草书。

丁香枝上豆大的蓓蕾，
包满了包不住的生意，
呆呆地望着寥阔的天宇，
盘算他明日底荣华——
彷佛一个出神的诗人
在空中编织未成的诗句。

春啊！明显的秘密哟！

神圣的魔术哟!

啊! 我忘了我自己，春啊!
我要提起我全身底力气，
在你那绝妙的文章上
加进这丑笨的一句哟!

春之末章

被风惹恼了底粉蝶，
试了好几处的枝头，
总抱不大稳，率性就舍开，
忽地不知飞向那里去了。
啊！大哲底梦身啊！
了无黏滞的达观者哟！

太轻狂了哦！杨花！
依然吩咐雨丝黏住罢。

娇绿的坦张的荷钱啊！
不息地仰面朝上帝望着，
一心地默祷并且赞美他——
只要这样，总是这样，
开花结实的日子便快了。

一气的酣绿里忽露出
一角汉纹式的小红桥，
真红得快叫出来了！

小孩儿们也太好玩了啊！
镇口里蓝的白的衫子
骑满竹青石栏上垂钓。
他们的笑声有时竟脆得像
坍碎了一座琉璃宝塔一般。
小孩们总是这样好玩呢！

绿纱窗里筛出的琴声，
又是画家脑子里经营着的
一帧美人春睡图：
细熨的柔情，娇羞的倦致，
这般如此，忽即忽离，
啊！迷魂的律吕啊！

音乐家啊！垂钓的小孩啊！
我读完这春之宝笈的末章，
就交给你们永远管领着罢！

玄思

在黄昏底沉默里，
从我这荒凉的脑子里，
常迸出些古怪的思想，
不伦不类的思想；

彷佛从一座古寺前的
尘封雨渍的钟楼里，
飞出一阵猜怯的蝙蝠，
非禽非兽的小怪物。

同野心的蝙蝠一样，
我的思想不肯只爬在地上，
却老在天空里兜圈子，
圆的，扁的，种种的圈子。

我这荒凉的脑子
在黄昏地沉默里，
常迸出些古怪的思想，
仿佛同些蝙蝠一样。

笑

朝日里的秋忍不住笑了——
笑出金子来了——
黄金笑在槐树上，
赤金笑在橡树上，
白金笑在白皮树上。

硕健的杨树，
裹着件拼金的绿衫，
一只手叉着腰，
守在池边微笑；
矮小的丁香
躲在墙脚下微笑。

白杨笑完了，
只孤零零地：
竖在石青色的天空里发呆。

成年了的标叶，
向西风抱怨了一夜，
终于得了自由，
红着脸儿，
笑嘻嘻地脱离了故枝。

雨夜

几朵浮云，仗着雷雨底势力，
把一天底星月都扫尽了。
一阵狂风还喊来要捉那软弱的树枝，
树枝拼命地扭来扭去，
但是无法躲避风底爪子。

凶狠的风声，悲酸的雨声——
我一壁听着，一壁想着：
假使梦这时要来找我，
我定要永远拉着他，不放他走；
还剜出我的心来送他作贽礼，
他要收我作个莫逆的朋友。
风声还在树里呻吟着，
泪痕满面的曙天白得可怕，
我的梦依然没有做成。
哦！原来真的已被我厌恶了，
假的就没他自身的尊严吗？

孤雁

不幸的失群的孤客！
谁教你抛弃了旧侣，
拆散了阵字，
流落到这水国底绝塞，
拼着寸磔的愁肠，
泣诉那无边的酸楚？

啊！从那浮云底密幕里，
迸出这样的哀音；
这样的痛苦！这样的热情！

孤寂的流落者！
不须叫喊得哟！
你那沉细的音波，
在这大海地惊雷里，
还不值得那涛头上
溅破的一粒浮沤呢！

可怜的孤魂啊！
更不须向天回首了。
天是一个无涯的秘密，
一幅蓝色的谜语，
太难了，不是你能猜破的。
也不须向海低头了。
这辱骂高天的恶汉，
他的咸卤的唾沫
不要渍湿了你的翅膀，

黏滞了你的行程!

流落的孤禽啊!
到底飞往那里去呢?
那太平洋底彼岸,
可知道究竟有些什么?

啊!那里是苍鹰底领土——
那鸷悍的霸王啊!
他的锐利的指爪,
已撕破了自然底面目,
建筑起财力底窝巢。
那里只有铜筋铁骨的机械,
喝醉了弱者底鲜血,
吐出些罪恶底黑烟,
涂污我太空,闭熄了日月,
教你飞来不知方向,
息去又没地藏身啊!

流落的失群者啊!
到底要往那里去?
随阳的鸟啊!
光明底追逐者啊!
不信那腥臊的屠场,
黑暗的烟灶,
竟能吸引你的踪迹!

归来吧,失路的游魂!

归来参加你的伴侣，
补足他们的阵列！
他们正引着颈望你呢。

归来偃卧在霜染的芦林里，
那里有校猎的西风，
将茸毛似的芦花，
铺就了你的床褥
来温暖起你的甜梦。

归来浮游在温柔的港溆里，
那里方是你的浴盆。
归来徘徊在浪舐的平沙上，
趁着溶银的月色
婆娑着戏弄你的幽影。

归来罢，流落的孤禽！
与其尽在这水国底绝塞，
拼着寸磔的愁肠，
泣诉那无边的酸楚，
不如棹翅回身归去罢！

啊！但是这不由分说的狂飙
挟着我不息地前进；
我脚上又带着了一封书信，
我怎能抛却我的使命，
由着我的心性
回身棹翅归去来呢？

记忆

记忆渍起苦恼的黑泪
在生活底纸上写满蝇头细字；
生活底纸可以撕成碎片，
记忆底笔迹永无磨灭之时。

啊！友谊底悲剧，希望底挽歌，
情热底战史，罪恶底供状——
啊！不堪卒读的文词哦！
是记忆底亲手笔，悲哀底旧文章！

请弃绝了我罢，拯救了我罢！
智慧哟！钩引记忆地奸细！
若求忘却那悲哀的文章，
除非要你赦脱了你我的关系！

小溪

铅灰色的树影，
是一长篇恶梦，
横压在昏睡着的
小溪底胸膛上。
小溪挣扎着，挣扎着……
似乎毫无一点影响。

稚松

他在夕阳底红纱灯笼下站着，
他扭着颈子望着你，
他散开了藏着金色圆眼的，
海绿色的花翎——一层层的花翎。
他像是金谷园里的
一只开屏的孔雀罢？

红豆

一

红豆似的相思啊!
一粒粒的
坠进生命底磁坛里了……
听他跳激底音声,
这般凄楚!
这般清切!

二

相思着了火,
有泪雨洒着,
还烧得好一点;
最难禁的,
是突如其来
赶不及哭的干相思。

三

意识在时间底路上旅行:
每逢插起一杆红旗之处,
那便是——
相思设下的关卡,
挡住行人,
勒索路捐的。

四

袅袅的篆烟啊!
是古丽的文章,

淡写相思底诗句。

五

比方有一屑月光，
偷来匍匐在你枕上，
刺着你的倦眼，
撩得你镇夜不着，
你讨厌他不？
那么这样便是相思了！

六

相思是不作声的蚊子，
偷偷地咬了一口，
陡然痛了一下，
以后便是一阵底奇痒。

七

我的心是个没设防的空城，
半夜里忽被相思袭击了，
我的心旌
只是一片倒降；
我只盼望——
他恣情屠烧一回就去了；
谁知他竟永远占据着，
建设起宫墙来了呢？

八

有两样东西，

我总想撇开，
却又总舍不得：
我的生命，
同为了爱人儿的相思。

九

爱人啊！
将我作经线，
你作纬线，
命运织就了我们的婚姻之锦；
但是一帧回文锦哦！
横看是相思，
直看是相思，
顺看是相思，
倒看是相思，
斜看正看都是相思，
怎样看也看不出团二字。

十

我俩是一体了！
我们的结合，
至少也和地球一般圆满。
但你是东半球，
我是西半球，
我们又自己放着眼泪，
做成了这苍莽的太平洋，
隔断了我们自己。

十一

相思枕上的长夜，
怎样的厌厌难尽啊！
但这才是岁岁年年中之一夜，
大海里的一个波涛。
爱人啊！
叫我又怎样泅过这时间之海？

十二

我们有一天
相见接吻时，
若是我没小心，
掉出一滴苦泪，
渍痛了你的粉颊，
你可不要惊讶！
那里有多少年底
生了锈的情热底成分啊！

十三

我到底是个男子！
我们将来见面时，
我能对你哭完了，
马上又对你笑。
你却不必如此；
你可以仰面望着我，
像一朵湿蔷薇，
在霁后的斜阳里，
慢慢儿晒干你的眼泪。

十四

我把这些诗寄给你了，
这些字你若不全认识，
那也不要紧。
你可以用手指
轻轻摩着他们，
像医生按着病人的脉，
你许可以试出
他们紧张地跳着，
同你心跳底节奏一般。

十五

古怪的爱人儿啊！
我梦时看见的你
是背面的。

十六

在雪黯风骄的严冬里，
忽然出了一颗红日；
在心灰意冷的情绪里，
忽然起了一阵相思——
这都是我没料定的。

十七

讨诗债的债主
果然回来了！
我先不妨

倾了我的家赀还着。
到底实在还不清了，
再剜出我的心头肉，
同心一起付给他罢。

十八

我昼夜唱着相思底歌儿。
他们说我唱得形容憔悴了，
我将浪费了我的生命。
相思啊！
我颂了你吗？
我是吐尽明丝的蚕儿，
死是我的休息；
我诅了你吗？
我是吐出毒剑底蜂儿，
死是我的刑罚。

十九

我是只惊弓的断雁，
我的嘴要叫着你，
又要衔着芦苇，
保障着我的生命。
我真狼狈哟！

二十

扑不灭的相思，
莫非是生命之原上底野烧？
株株小草底绿意，

都要被他烧焦了啊!

二十一

深夜若是一口池塘,
这飘在他的黛漪上的
淡白的小菱花儿,
便是相思底花儿了,
哦!他结成青的,血青的,
有尖角的果子了!

二十二

我们的春又回来了,
我搜尽我的诗句,
忙写着红纸的宜春帖。
我也不妨就便写张
“百无禁忌。”
从此我若失错触了忌讳,
我们都不必介意罢!

二十三

我们是两片浮萍:
从我们聚散的速率
同距离底远度,
可以看出风儿底缓急,
浪儿底大小。

二十四

我们是鞭丝抽拢的伙伴,

我们是鞭丝抽散的离侣。
万能的鞭丝啊!
叫我们赞颂吗?
还是诅咒呢?

二十五

我们弱者是鱼肉;
我们曾被求福者
重看了盛在笾里,
供在礼教底龛前。
我们多么荣耀啊!

二十六

你明白了吗?
我们是照着客们吃喜酒的
一对红蜡烛;
我们站在桌子底
两斜对角上,
悄悄地烧着我们的生命,
给他们凑热闹。
他们吃完了,
我们的生命也烧尽了。

二十七

若是我的话
讲得太多,
讲到末尾,
便胡讲一阵了,

请你只当我灶上的烟囱：
口里虽䓖䓖地吐着黑灰，
心里依旧是红热的。

二十八

这算他圆满的三绝罢！——
莲子，
泪珠儿，
我们的婚姻。

二十九

这一滴红泪：
不是别后的清愁，
却是聚前的炎痛。

三十

他们削破了我的皮肉，
冒着险将伊的枝儿
强蛮地插在我的茎上。
如今我虽带着瘿肿的疤痕，
却开出从来没开过的花儿了。
他们是怎样狠心的聪明啊！
但每回我瞟出看花的人们
上下抛着眼珠儿，
打量着我的茎儿时，
我的脸就红了！

三十一

哦，脑子啊！
刻着虫书鸟篆的
一块妖魔的石头，
是我的佩刀底砺石，
也是我爱河里的礁石，
爱人儿啊！
这又是我俩之间的界石！

三十二

幽冷的星儿啊！
这般零乱的一团！
爱人儿啊！
我们的命运，
都摆布在这里了！

三十三

冬天底长夜，
好不容易等到天明了，
还是一块冷冰冰的
铅灰色的天宇，
那里看得见太阳呢？
爱人啊！哭罢！哭罢！
这便是我们的将来哟！

三十四

我是狂怒的海神，
你是被我捕着的一叶轻舟。

我的情潮一起一落之间，
我笑着看你颠簸；
我的千百个涛头
用白晃晃的锯齿咬你，
把你咬碎了，
便和樯带舵，吞了下去。

三十五

夜鹰号咷地叫着；
北风拍着门环，
撕着窗纸，
撞着墙壁，
掀着屋瓦，
非闯进来不可。
红烛只不息地淌着血泪，
凝成大堆赤色的石钟乳。
爱人啊！你在哪里？
快来剪去那乌云似的烛花，
快窝着你的素手
遮护着这抖颤的烛焰！
爱人啊！你在哪里？

三十六

当我告诉你们：
我曾在玉箫牙板，
一派悠扬的细乐里，
亲手掀起了伊的红盖帕；
我曾著着银烛，

一壁撷着伊的凤钗，
一壁在伊耳边问道：
“认得我吗？”
朋友们啊！
当你们听我讲这些故事时，
我又在你们的笑容里，
认出了你们私心的艳羡。

三十七

这比我的新人，
谁个温柔？
从炉面镂空的双喜字间，
吐出了一线蜿蜒的香篆。

三十八

你午睡醒来，
脸上印着红凹的簟纹，
怕是练子锁着的
梦魂儿罢？
我吻着你的香腮，
便吻着你的梦儿了。

三十九

我若替伊画像，
我不许一点人工产物
污秽了伊的玉体。
我并不是用画家底肉眼，
在一套曲线里看伊的美；

但我要描出我常梦着的伊——
一个通灵澈洁的裸体的天使！
所以为免除误会起见，
我还要叫伊这两肩上
生出一双翅膀来，
若有人还不明白，
便把伊错认作一只彩凤，
那倒没什么不可。

四十

假如黄昏时分，
忽来了一阵雷电交加的风暴，
不须怕得呀，爱人！
我将紧拉着你的手，
到窗口并肩坐下；
我们一句话也不要讲，
我们只凝视着
我们自己的爱力
在天边碰着，
碰出些金箭似的光芒，
炫瞎我们自己的眼睛。

四十一

有酸的，有甜的，有苦的，有辣的。
豆子都是红色的，
味道却不同了。
辣的先让礼教尝尝！
苦的我们分着囫囵地吞下。

酸的酸得像梅子一般，
不妨细嚼着止止我们的渴。
甜的呢！
啊！甜的红豆都分送给邻家作种子罢！

四十二

我唱过了各样的歌儿，
单单忘记了你。
但我的歌儿该当越唱越新，越美。
这些最后唱的最美的歌儿，
一字一颗明珠，
一字一颗热泪，
我的皇后啊！
这些算了我赎罪底菲仪，
这些我跪着捧献给你。

你看

你看太阳像眠后的春蚕一样，
镇日吐不尽黄丝似的光芒；
你看负暄的红襟在电杆梢上，
酣眠的锦鸭泊在老柳根旁。

你眼前又陈列着青春的宝藏，
朋友们，请就在这眼前欣赏；
你有眼睛请再看青山的峦嶂，
但莫向那山外探望你的家乡。

你听听那枝头颂春的梅花雀，
你得揩干眼泪，和他一支歌。
朋友，乡愁最是个无情的恶魔，
他能教你眼前的春光变作沙漠。

你看春风解放了冰锁的寒溪，
半溪白齿琮琮的漱着涟漪，
细草又织就了釉釉的绿意，
白杨枝上招展着么小的银旗。

朋友们，等你们看到了故乡的春，
怕不要老尽春光老尽了人？
呵，不要探望你的家乡，朋友们，
家乡是个贼，他能偷去你的心！

死水

这是一沟绝望的死水，
清风吹不起半点漪沦。
不如多扔些破铜烂铁，
爽性泼你的剩菜残羹。

也许铜的要绿成翡翠，
铁罐上锈出几瓣桃花；
再让油腻织一层罗绮，
霉菌给他蒸出些云霞。

让死水酵成一沟绿酒，
飘满了珍珠似的白沫；
小珠们笑声变成大珠，
又被偷酒的花蚊咬破。

那么一沟绝望的死水，
也就夸得上几分鲜明。
如果青蛙耐不住寂寞，
又算死水叫出了歌声。

这是一沟绝望的死水，
这里断不是美的所在，
不如让给丑恶来开垦，
看他造出个什么世界。

春光

静得像入定了的一般，那天竹，
那天竹上密叶遮不住的珊瑚；
那碧桃；在朝暾里运气的麻雀。
春光从一张张的绿叶上爬过。
蓦地一道阳光晃过我的眼前，
我眼睛里飞出了万只的金箭，
我耳边又谣传着翅膀的摩声，
彷佛有一群天使在空中逻巡……

忽地深巷里迸出了一声清籁：
“可怜可怜我这瞎子，老爷太太！”

忘掉她

忘掉她，像一朵忘掉的花，——
　那朝霞在花瓣上，
　那花心的一缕香——
忘掉她，像一朵忘掉的花！

忘掉她，像一朵忘掉的花！
　像春风里一出梦，
　像梦里的一声钟，
忘掉她，像一朵忘掉的花！

忘掉她，像一朵忘掉的花！
　听蟋蟀唱得多好，
　看墓草长得多高；
忘掉她，像一朵忘掉的花！

忘掉她，像一朵忘掉的花！
　她已经忘记了你，
　她什么都记不起；
忘掉她，像一朵忘掉的花！

忘掉她，像一朵忘掉的花！
　年华那朋友真好，
　他明天就教你老；
忘掉她，像一朵忘掉的花！

忘掉她，像一朵忘掉的花！
　如果是有人要问，

　　就说没有那个人；
忘掉她，像一朵忘掉的花！

忘掉她，像一朵忘掉的花！
　　像春风里一出梦，
　　像梦里的一声钟，
忘掉她，像一朵忘掉的花！

抱怨

我拈起笑来在手中玩弄，
空中便飞来了一排韵脚；
我不知如何的摆布他们，
只希望能写出一些快乐。
我听见你在窗前咳嗽，
不由的写成了一首悲歌。

上帝将要写我的生传；
展开了我的生命之纸，
不知要写些什么东西，
许是灾殃，也许是喜事。
你硬要加入你的姓名，
他便写成了一篇痛史。

夜歌

癞虾蟆抽了一个寒噤，
黄土堆里攒出个妇人，
妇人身旁找不出阴影，
月色却是如此的分明。

黄土堆里攒出个妇人，
黄土堆上并没有裂痕；
也不曾惊动一条蚯蚓，
或弸断蛸一根网绳。

月光底下坐着个妇人，
妇人的容貌好似青春，
猩红衫子血样的狰狞，
鬅松的散发披了一身。

妇人在号咷，捶着胸心，
癞虾蟆只是打着寒噤，
远村的荒鸡哇的一声，
黄土堆上不见了妇人。

回来了

这真是说不出的悲喜交集——
滚滚的江涛向我迎来，
然后这里是青山，那里是绿水……
我又投入了祖国的慈怀！

你莫告诉我这里是遍体疮痍，
你没听见麦浪翻得沙沙响？
这才是我的家乡我的祖国：
打盹儿的雀儿钉在牛背上。

祖国呀！今天我分外的爱你……
风呀你莫吹，浪呀你莫涌，
让我镇定一会儿，镇定一会儿；
我的心儿他如此的怔忡！

你看江水俨然金一般的黄，
千樯的倒影蠕在微澜里。
这是我的祖国，这是我的家乡，
别的且都不必提起。

今天风呀你莫吹，浪呀你莫涌。
我是刚才刚才回到家。
祖国呀，今天我们要分外亲热；
请你有泪儿今天莫要洒。

这真是说不出的悲喜交集；
我又投入了祖国的慈怀。
你看船边飞着簸谷似的浪花，
天上飘来仙鹤般的云彩。

色彩

生命是张没价值的白纸，
自从绿给了我发展，
红给了我情热，
黄教我以忠义，
蓝教我以高洁，
粉红赐我以希望，
灰白赠我以悲哀；
再完成这帧彩图，
黑还要加我以死。
从此以后，
我便溺爱于我的生命，
因为我爱他的色彩。

黄鸟

哦！森林底养子，
太空的血胤
不知名的野鸟儿啊！

黑缎底头帕，
蜜黄的羽衣，
镶着赤铜底喙爪——
啊！一只鲜明的火镞，
那样癫狂地射放，
射翻了肃静的天宇哦！

像一块雕镂的水晶，
艺术纵未完成，
却永映着上天底光彩——
这样便是他吐出的
那阕雅健的音乐呀！
啊！希腊式的雅健！

野心的鸟儿啊！
我知道你喉咙里的
太丰富的歌儿
快要噎死你了：
但是从容些吐着！
吐出那水晶的谐音，
造成艺术之宫，
让一个失路的灵魂
早安了家罢！

梦者

假如那绿晶晶的鬼火
是墓中人底
梦里迸出的星光，
那我也不怕死了！

钟声

钟声报得这样急——
时间之海底记水标哦！
是记涨呢，还是记落呢！——
是报过去底添长呢？
还是报未来的消缩呢？

艺术底忠臣

无数的人臣，髣髴真珠
攒在艺术之王底龙衮上，
一心同赞御容底光采；
其中只有济慈一个人
是群龙拱抱的一颗火珠，
光芒赛过一切的珠子。

诗人底诗人啊！
满朝底冠盖只算得
些艺术底名臣，
只有你一人是个忠臣。
“美即是真，真即美。”
我知道你那栋梁之材，
是单给这个真命天子用的；
别的分疆割据，属国偏安，
那里配得起你哟！
啊！“鞠躬尽瘁，死而后已”：
真个做了艺术的殉身者！
忠烈的亡魂啊！
你的名字没写在水上，
但铸在圣朝的宝鼎上了！

太平洋舟中见一明星

鲜艳的明星哪！
太阴底嫡裔，
月儿同胞的小妹——
你是天仙吐出的玉唾，
溅在天边？
还是鲛人泣出的明珠，
被海涛淘起？
哦！我这被单调的浪声
摇睡了的灵魂，
昏昏睡了这么久，
毕竟被你唤醒了哦，
灿烂的宝灯啊！
我在昏沉的梦中，
你将我唤醒了，
我才知道我已离了故乡，
贬斥在情爱的边徼之外——
漂泊在海涛上的一枚钓饵。
你又唤醒了我的大梦——
梦外包着的一层梦！
生活呀！苍茫的生活呀！
也是波涛险阻的大海哟！
是情人的眼泪的波涛，
则壮士的血液的波涛。
鲜艳的星，光明的结晶啊！
生命之海中的灯塔！
照着我吧！照着我吧！
不要让我碰了礁滩！

不要许我越了航线；
我自要加进我的一勺温泪，
教这泪海更咸；
我自要倾出我的一腔热血，
教这血涛更鲜！

秋色

——芝加哥洁阁森公园里

诗情也似并刀快，剪得秋光入卷来。——陆游

紫得像葡萄似的涧水
翻起了一层层金色的鲤鱼鳞。

几片剪形的枫叶，
彷彿朱砂色的燕子，
颠斜地在水面上
旋着，掠着，翻着，低昂着……

肥厚得熊掌似的
在绿茵上的大橡叶，
在绿茵上狼藉着。
松鼠们张张慌慌地
在叶间爬出爬进，
搜猎着他们来冬底粮食。

成了年的栗叶
向西风抱怨了一夜，
终于得了自由，
红着干燥的脸儿，
笑嬉嬉地辞了故枝。

白鸽子，花鸽子，
红眼的银灰色的鸽子，
乌鸦似的黑鸽子，
背上闪着紫的绿的金光——

倦飞的众鸽子在阶下集齐了，
都将喙子插在翅膀里，
寂静悄静地打盹了。

水似的空气泛滥了宇宙；
三五个活泼泼的小孩，
（披着橘红的黄的黑的毛绒衫）
在丁香丛里穿着，
好像戏着浮萍的金鱼儿呢。

是黄浦江上林立的帆樯？
这数不清的削瘦的白杨
只竖在石青的天空里发呆。

倜傥的绿杨像位豪贵的公子，
裹着件平金的绣蟒，
一只手叉着腰身，
照着心烦的碧玉池，
玩媚着自身的模样儿。

凭在十二曲的水晶栏上，
晨曦瞰着世界微笑了，
笑出金子来了——
黄金笑在槐树上，
赤金笑在橡树上，
白金笑在白松皮上。

哦，这些树不是树了！

是些绚缦的祥云——
琥珀的云，玛瑙的云，
灵风扇着，旭日射着的云。
哦！这些树不是树了，
是百宝玲珑的祥云。

哦，这些树不是树了，
是紫禁城里的宫阙——
黄的琉璃瓦，
绿的琉璃瓦；
楼上起楼，阁外架阁……
小鸟唱着银声底歌儿，
是殿角的风铃底共鸣。
哦！这些树不是树了，
是金碧辉煌的帝京。

啊！斑斓的秋树啊！
陵阳公样的瑞锦，
土耳基底地毡，
Notre Dame底蔷薇窗，
Fra AngeLico底天使画
都不及你这色彩鲜明哦！

啊！斑斓的秋树啊！
我羡煞你们这浪漫的世界，
这波希米亚的生活！
我羡煞你们的色彩！

哦！我要请天孙织件锦袍，
给我穿着你的色彩！
我要从葡萄，橘子，高粱……里
把你榨出来，喝着你的色彩！
我要借义山济慈底诗
唱着你的色彩！
在蒲寄尼底La Boheme里，
在七宝烧的博山炉里，
我还要听着你的色彩，
嗅着你的色彩！

哦！我要过个色彩的生活，
和这斑斓的秋树一般！

秋深了

秋深了，人病了。
人敌不住秋了；
镇日拥着件大氅，
像只煨灶的猫，
蜷在摇椅上摇……摇……摇……
想着祖国，
想着家庭，
想着母校，
想着故人，
想着不胜想，不堪想的胜境良朝。

春底荣华逝了，
夏底荣华逝了；
秋在对面嵌白框窗子的
金字塔似的木板房子檐下，
抱着香黄色的破头帕，
追想春夏已逝的荣华；
想的伤心时，
飒飒地洒下几点黄金泪。

啊！秋是追想底时期！
秋是堕泪底时期！

秋之末日

和西风酗了一夜的酒，
醉得颠头跌脑，
洒了金子扯了锦绣，
还呼呼地吼个不休。

奢豪的秋，自然底浪子哦！
春夏辛苦了半年，
能有多少的积蓄，
来供你这般地挥霍呢？
如今该要破产了罢！

深夜底泪

生波停了掀簸；
深夜啊！——
深默的寒潭！
澈虚的古镜！

行人啊！
回转头来，
照照你的颜容罢！
啊！这般憔悴……

轻柔的泪，
温热的泪，
洗得净这仆仆的征尘？
无端地一滴滴流到唇边，
想是要你尝尝他的滋味；

这便是生活底滋味！
枕儿啊！
紧紧地贴着！
请你也尝尝他的滋味。
唉！若不是你，
这腐烂的骷髅，
往那里靠啊！

更鼓啊！
一声声这般急切；
便是生活底战鼓罢？

唉！擂断了心弦，
搅乱了生波……

战也是死，
逃也是死，
降了我不甘心。
生活啊！
你可有个究竟？
啊！宇宙底生命之酒，
都将酌进上帝度金樽。
不幸的浮沤！
怎地偏酌漏了你呢？

红烛

"蜡炬成灰泪始干"
——李商隐

红烛啊!
这样红的烛!
诗人啊!
吐出你的心来比比,
可是一般颜色?

红烛啊!
是谁制的蜡——给你躯体?
是谁点的火——点着灵魂?
为何更须烧蜡成灰,
然后才放出光?
一误再误;
矛盾!冲突!

红烛啊!
不误,不误!
原是要"烧"出你的光束——
这正是自然的方法。

红烛啊!
既制了,便烧着!
烧罢!烧罢!
烧破世人底梦,
烧沸世人底血——
也救出他们的灵魂,

也捣破他们的监狱！

红烛啊！
你心火发光之期，
正是泪流开始之日。

红烛啊！
匠人造了你，
原是为烧的。
既已烧着，
又何苦伤心流泪？
哦！我知道了！
是残风来侵你的光芒，
你烧得不稳时，
才着急得流泪！

红烛啊！
流罢！你怎能不流呢？
请将你的脂膏，
不息地流向人间，
培出慰藉底花儿，
结成快乐的果子！

红烛啊！
你流一滴泪，灰一分心。

灰心流泪你的成果，
创造光明你的原因。

红烛啊！
“莫问收获，但问耕耘。”

时间底教训

太阳射上床，惊走了梦魂。
昨日底烦恼去了，今日底还没来呢。
啊！这样肥饱的鹁声，
稻林里撞挤出来——来到我心房酿蜜，
还同我的，万物底蜜心，
融合作一团快乐——生命底唯一真义。

此刻时间望我尽笑，
我便合掌向他祈祷："赐我无尽期！"
可怕！那笑还是冷笑；
那里？他把眉尖锁起，居然生了气。

"地得！地得！"听那壁上的钟声，
果同快马狂蹄一般地奔腾。
那骑者还仿佛吼着：
"尽可多多创造快乐去填满时间；
那可活活缚着时间来陪着快乐？"

二月庐

面对一幅淡山明水的画屏，
在一块棋盘似的稻田边上，
蹲着一座看棋的瓦屋——
紧紧地被捏在小山底拳心里。

柳荫下睡着一口方塘；
聪明的燕子——俨唱歌儿
偏找到这里，好听着水面的
回声，改正音调底错儿。

燕子！可听见昨夜那阵冷雨？
西风底信来了，催你快回去。
今年去了，明年，后年，后年以后，
一年回一度的还是你吗？
啊？你的爆裂得这样音响，
迸出些什么压不平的古愁！
可怜的鸟儿，你诉给谁听？
哪知道这个心也碎了哦！

静夜

这灯光，这灯光漂白了的四壁；
这贤良的桌椅，朋友似的亲密；
这古书的纸香一阵阵的袭来；
要好的茶杯贞女一般的洁白；
受哺的小儿接呷在母亲怀里，
鼾声报道我大儿康健的消息……
这神秘的静夜，这浑圆的和平，
我喉咙里颤动着感谢的歌声。
但是歌声马上又变成了诅咒，
静夜！我不能，不能受你的贿赂。
谁稀罕你这墙内尺方的和平！
我的世界还有更辽阔的边境。
这四墙既隔不断战争的喧嚣，
你有什么方法禁止我的心跳？
最好是让这口里塞满了沙泥，
如其他只会唱着个人的休戚，
最好是让这头颅给田鼠掘洞，
让这一团血肉也去喂着尸虫，
如果只是为了一杯酒，一本诗，
静夜里钟摆摇来的一片闲适，
就听不见了你们四邻的呻吟，
看不见寡妇孤儿抖颤的身影，
战壕里的痉挛，疯人咬着病榻，
和各种惨剧在生活的磨子下。
幸福！我如今不能受你的私贿，
我的世界不在这尺方的墙内。
听！又是一阵炮声，死神在咆哮。
静夜！你如何能禁止我的心跳？

《西南采风录》序

正在去年这时候，学校由长沙迁昆明，我们一部分人组织了一个湘黔滇旅行团，徒步西来，沿途分门别类收集了不少材料。其中歌谣一部分，共计二千多首，是刘君兆吉一个人独力采集的。他这种毅力实在令人敬佩。现在这些歌谣要出版行世了，刘君因我当时曾挂名为这部分工作的指导人，要我在书前说几句话。我惭愧对这部分材料在采集工作上，毫未尽力，但事后却对它发生了极大兴趣。一年以来，总想下番工夫把它好好整理一下，但因种种关系，终未实行。这回书将出版，答应刘君作序，本拟将个人对这材料的意见先详尽的写出来，作为整理工作的开端，结果又一再因事耽延，不能实现。这实在对不起刘君。然而我读过这些歌谣，曾发生一个极大的感想，在当前这时期，却不能不尽先提出请国人注意。

在都市街道上，一群群乡下人从你眼角滑过，你的印象是愚鲁，迟钝，畏缩，你万想不到他们每颗心里都自有一段骄傲，他们男人的憧憬是：

快刀不磨生黄锈，
胸膛不挺背要驼。（安南）

女子所得意的是：

斯文滔滔讨人厌，
庄稼粗汉爱死人，
郎是庄稼老粗汉，
不是白脸假斯文。（贵阳）

他们何尝不要物质的享乐，但鼠窥狗偷的手段，都是他们所不齿的：

吃菜要吃白菜头，
跟哥要跟大贼头，
睡到半夜钢刀响，
妹穿绫罗哥穿绸。（盘县）

那一个都市人，有这样气魄讲话或设想？

生要恋来死要恋，
不怕亲夫在眼前。
见官犹如见父母，
坐牢犹如坐花园。（盘县）

火烧东山大松林，

姑爷告上丈人门，
叫你姑娘快长大，
我们没有看家人。（宣威）

马摆高山高又高，
打把火钳插在腰，
那家姑娘不嫁我，
关起四门放火烧。

你说这是原始，是野蛮。对了，如今我们需要的正是它。我们文明得太久了，如今人家逼得我们没有路走，我们该拿出人性中最后最神圣的一张牌来，让我们那在人性的幽暗角落里蛰伏了数千年的兽性跳出来反噬他一口。打仗本不是一种文明姿态，当不起什么“正义感”，“自尊心”，“为国家争人格”一类的奉承，干脆的是，人家要我们的命，我们是豁出去了，是困兽犹斗。如今是千载一时的机会，给我们试验自己血中是否还有着那只狰狞的动物，如果没有，只好自认是个精神上“天阉”的民族，休想在这地面上混下去了。感谢上苍，在前方，姚子青，八百壮士，每个在大地上或天空中粉身碎骨了的男儿，在后方，几万万以“睡到半夜钢刀响”为乐的“庄稼老粗汉”，已经保证了我们不是“天阉”！如果我们是一个乐观主义者，我的根据就只这一点。我们能战，我们渴望一战而以得到一战为至上的愉快。至于胜利，那是多么泄气的事，胜利到了手，不是搏斗的愉快也得终止，“快刀”又得“生黄锈”了吗？还好，还好，四千年的文化，没有把我们都变成“白脸斯文人”！

民国廿八年三月五日闻一多序

人民的诗人——屈原

古今没有第二个诗人像屈原那样曾经被人民热爱的。我说"曾经"，因为今天过着端午节的中国人民，知道屈原这样一个人的实在太少，而知道《离骚》这篇文章的更有限。但这并不妨碍屈原是一个人民的诗人。我们也不否认端午这个节日，远在屈原出世以前，已经存在，而它变为屈原的纪念日，又远在屈原死去以后。也许正因如此，才足以证明屈原是一个真正的人民诗人。惟其端午是一个古老的节日，"和中国人民同样的古老"，足见它和中国人民的生活如何不可分离，惟其中国人民愿意把他们这样一个重要的节日转让给屈原，足见屈原的人格，在他们生活中，起着如何重大的作用。也惟其远在屈原死后，中国人民还要把他的名字，嵌进一个原来与他无关的节日里，才足见人民的生活里，是如何的不能缺少他。端午是一个人民的节日，屈原与端午的结合，便证明了过去屈原是与人民结合着的，也保证了未来屈原与人民还要永远结合着。

是什么使得屈原成为人民的屈原呢?

第一，说来奇怪，屈原是楚王的同姓，却不是一个贵族。战国是一个封建阶级大大混乱的时期，在这混乱中，屈原从封建贵族阶级，早被打落下来，变成一个作为宫廷弄臣的卑贱的伶官，所以，官爵尽管很高，生活尽管和王公们很贴近，他，屈原，依然和人民一样，是在王公们脚下被残踏着的一个。这样，首先在身份上，屈原便是属于广大人民群众的。

第二，屈原最主要的作品——《离骚》的形式，是人民的艺术形式，“一篇题材和秦始皇命博士所唱的《仙真人诗》一样的歌舞剧”。虽则它可能是在宫廷中演出的。至于他的次要的作品——《九歌》，是民歌，那更是明显，而为历来多数的评论家所公认的。

第三，在内容上，《离骚》“怨恨怀王，讥刺椒兰”，无情的暴露了统治阶层的罪行，严正的宣判了他们的罪状，这对于当时那在水深火热中敢怒而不敢言的人民，是一个安慰，也是一个兴奋。用人民的形式，喊出了人民的愤怒，《离骚》的成功不仅是艺术的，而且是政治的，不，它的政治的成功，甚至超过了艺术的成功，因为人民是最富于正义感的。

但，第四，最使屈原成为人民热爱与崇敬的对象的，是他的“行义”，不是他的“文采”。如果对于当时那在暴风雨前窒息得奄奄待毙的楚国人民，屈原的《离骚》唤醒了他们的反抗情绪，那么，屈原的死，更把那反抗情绪提高到爆炸的边沿，只等秦国的大军一来，就用那溃退和叛变的方式，来向他们万恶的统治者，实行报复性的反击(楚亡于农民革命，不亡于秦兵，而楚国农民的革命性的优良传统，在此后陈胜吴广对秦政府的那一著上，表现得尤其清楚)。历史决定了暴风雨的时代必然要来到，屈原一再的给这时代执行了“催生”的任务，屈原的言，行，无一不是与人民相配合的，虽则也许是不自觉的。有人说他的死是

“匹夫匹妇自经于沟壑”，对极了，匹夫匹妇的作风，不正是人民革命的方式吗?

以上各条件，若缺少了一件，便不能成为真正的人民诗人。尽管陶渊明歌颂过农村，农民不要他，李太白歌颂过酒肆，小市民不要他，因为他们既不属于人民，也不是为着人民的。杜甫是真心为着人民的，然而人民听不懂他的话。屈原虽没写人民的生活，诉人民的痛苦，然而实质的等于领导了一次人民革命，替人民报了一次仇。屈原是中国历史上唯一有充分条件称为人民诗人的人。

一九四五年六月

诗与批评

什么是诗呢？我们谁能大胆地说出什么是诗呢？我们谁能大胆地决定什么是诗呢？不能！有多少人是曾对于诗发表过意见，但那意见不一定是合理的，不一定是真理；那是一种个人的偏见，因为是偏见，所以不一定是对的。但是，我们怎样决定诗是什么呢？我以为，来测度诗的不是偏见，应该是批评。

对于“什么是诗”的问题，有两种对立的主张：

有一种人以为：“诗是不负责的宣传。”

另一种人以为：“诗是美的语言。”

我们念了一篇诗，一定不会是白念的，只要是好诗，我们念过之后就受了他的影响：诗人在作品中对于人生的看法影响我们，对于人生的态度影响我们，我们就是接受了他的宣传。诗人用了文字的魔力来征服他的读者，先用了这种文字的魅力使读者自然地沉醉，自然地受了催眠，然后便自自然然地接受了诗人的意见，接受了他的宣传。这个宣传是有如何的效果呢？诗人不问这个，因为他的宣传是不负责的宣传。诗人在作品里所表示的意见是可靠的吗？这是不一定的，诗人有他自己的偏见，偏见是不一定对的。好些人把诗人比做疯子，疯子的意见怎么能是真理呢？实在，好些诗人写下了他的诗篇，他并不想到有什么效果，他并不为了效果而写诗，他并不为了宣传而写诗，他是为写诗而写诗的；因之，他的诗就是一种不负责的东西了，不负责的东西是好的吗？这是一个很重要的问题，所以，第一种主张就侧重在这种宣传的效果方面，我想，这是一种对于诗的价值论者。

好些人念一篇诗时是不理会它的价值的，他只吟味于词句的安排，惊喜于韵律的美妙：完全折服于文字与技巧中。这种人往往以为他的态度仅止于欣赏，仅止于享受而已，他是为念诗而念诗。其实这是不可能的事，在文字与技巧的魅力上，你并不只享受于那份艺术的功力，你会被征服于不知不觉中，你会不知不觉的为诗人所影响，所迷惑。对于这种不顾价值，而只求感受舒适的人，我想他们是对于诗的效率论者。

这两种态度都不是对的。因为单独的价值论或是效率论都不是真理。我以为，从批评诗的正确的态度上说，是应该二者兼顾的。

柏拉图在他的《理想国》中赶走了诗人，因为他不满意诗人。他是一个极端的价值论者，他不满意于诗人的不负责的宣传。一篇诗作是以如何残忍的方式去征服一个读者。诗篇先以美的颜面去迷惑了一个读者，叫他沉迷于字面，音韵，旋律，叫他为了这些而奉献了自己，然而又以诗人的偏见生生烙印在读者的灵魂与感情上。然而这是一个如何的烙印。——不负责的宣传已是诗的顶大的罪名了，我们很难有法子让诗人对于他的宣传负责（诗人是否能负责又是一个问题）。这样一来，为了防范这种不负责的宣传，我们是不是可以不要诗了呢？不行，我们觉得诗是非要不可，诗非存在不可的。既然这样，所以我们要求诗是“负责的宣传”。我们要求诗人对他的作品负责，但这也许是不容易的事，因之，我们想得用一点外力，我们以社会使诗人负责。

负责的问题成为最重要的了，我们为了诗的光荣存在而辩护，所以不能不要求诗的宣传作用是负责的，是有利益于社会的。我们想，若是要知道这宣传是否负责而用新闻检查的方式，实在是可笑的，我们不能用检查去了解，我们要用批评去了解；目前的诗著是可用检查的方式限制的，但这限制至少对于古人是无用的；而且事实上有谁会想出这种类似焚书坑儒的事来折磨我们的诗人呢？我想应该不会。在苏联也许和别的什么国家用一种方法叫诗人负责，方法很简单，就是，拉着诗人的鼻子走，如同牵牛一样，政府派诗人做负责的诗，一个纪念，叫诗人做诗，一个建筑落成，叫诗人做诗，这样，好些“诗”是给写出来了，但结果，在这种方式下产生出来的作品，只是宣传品而不是诗了，既不是诗，宣传的力量也就小了或甚至没有了，最后，这些东西既不是诗又不是宣传品，则什么都不是了，我们知道马也可夫斯基写过诗，也写过宣传品，后来他自杀了，谁知道他为什么自杀呢？所以我想，拉着诗人的鼻子走的方式并不是好的方式。

政府是可以指导思想的。但叫诗人负责，这不是政府做得到的；上边我说，我们需要一点外力，这外力不是发自政府，而是发自社会。我觉得去测度诗的是否为负责的宣传的任务不是检查所的先生们完成得了的，这个任务，应该交给批评家。

每个诗人都有他独特的性格，作风，意见与态度，这些东西会表现在作品里。一个读者要只单选上一位诗人的东西读，也许不是有益而且有害的，因为，我们无法担保这个诗人是完全对的，我们一定要受他的影响，若他的东西有了毒，是则我们就中毒了。鸡蛋是一种良好的食品，既滋补而又可口，但据说多吃了是有毒的，所以我们不能天天只吃鸡蛋，我们要吃别的东西。读诗也一样，我觉得无妨多读，从庞乱中，可以提取养料来补自己，我们可以读李白、杜甫、陶潜、李商隐、莎士比亚、但丁、雪莱，甚至其他的一切诗人的东西，好些作品混在一起，有毒的部分抵消了，留下滋养的成分；不负责的部分没有了，留下负责的成分。因为，我们知道凡是能够永远流传下去的东西差不多可以说是好的，时间和读者会无情地淘汰坏的作品。我以为我们可以有一个可靠的选本，让批评家精密地为各种不同的人选出适于他们的选本，这位批评家是应该懂得人生，懂得诗，懂得什么是效率，懂得什么是价值的这样一个人。

我以为诗是应该自由发展的。什么形式什么内容的诗我们都要。我们设想我们的选本是一个治病的药方，那么，里面可以有李白，有杜甫，有陶渊明，有苏东坡，有歌德，有济慈，有莎士比亚；我们可以假想李白是一味大黄吧，陶渊明是一味甘草吧，他们都有用，我们只要适当的配合起来，这个药方是可以治病的。所以，我们与其去管诗人，叫他负责，我们不如好好地找到一个批评家，批评家不单可以给我们以好诗，而且可以给社会以好诗。

历史是循环的，所以我现在想提到历史来帮助我们了解我们的时代，了解时代赋与诗的意义，了解我们批评诗的态度。封建的时代我们看得出只有社会，没有个人，《诗经》给他们一个证明。《诗经》的时代过去了，个人从社会里边站出来，于是我们发觉《古诗十九首》实在比《诗经》可爱，《楚辞》实在比《诗经》可爱。因为我们自己现在是个人主义社会里的一员，我们所以喜爱那种个人的表现，我们因之觉得《古诗十九首》比《诗经》对我们亲切。《诗经》的时代过去了之后，个人主义社会的趋势已经非常明显了。而且实实在在就果然进到了个人主义社会。这时候只有个人，没有社会。个人是耽沉于自己的享乐，忘记社会，个人是觅求“效率”以增加自己愉悦的感受，忘记自己以外的人群。陶渊明时代有多少人过极端苦难的日子，但他不管，他为他自己写下他闲逸的诗篇。谢灵运一样忘记社会，为自己的愉悦而玩弄文字，——当我们想到那时别人的苦难，想着那幅流民图，我们实实在在觉得陶渊明与谢灵运之流是多么无心肝，多么该死，——这是个人主义发展到极端了，到了极端，即是宣布了个人主义的崩溃，灭亡。杜甫出来了，他的笔触到广大的社会与人群，他为了这个社会与人群而同其欢乐，同其悲苦，他为社会与人群而振呼。杜甫之后有了白居易，白居易不单是把笔濡染着社会，而且他为当前的事物提出他的主张与见解。诗人从个人的圈子走出来，从小我而走向大我，《诗经》时代只有社会，没有个人，再进而只有个人没有社会，进到这时候，已经是成为个人社会（lndividual society）了。

到这里，我应提出我是重视诗的社会的价值了。我以为不久的将来，我们的社会一定会发展成为Socjety of lndjvjdual,lndjvjdual fov Socjety（社会属于个人，个人为了社会）的。诗是与时代同其呼吸的，所以，我们时代不单要用效率论来批评诗，而更重要的是以价值论诗了，因为加在我们身上的将是一个新时代。

诗是要对社会负责了，所以我们需要批评。《诗经》时代何以没有批评呢？因为，那些作品都是负责的，那些作品没有“效率”，但有“价值”，而且全是“教育的价值”，所以不用批评了（自然，一篇实在没有价值的东西也可以“说”得出价值来的，对这事我们可以不必论及了）。个人主义时代也不要批评，因为诗就只是给自己享受享受而已，反正大家标准一样，批评是多余的；那时候不论价值，因为效率就是价值（诗话一类的书就只在谈效率，全不能算是批评）。但今天，我们需要批评，而且需要正确而健康的批评。

春秋时代是一个相当美好的时代，那时候政治上保持一种均势。孔子删诗，孔子对于诗作过最好的，最合理的批评。在《左传》上关于诗的批评我认为是对的，孔子注重诗的社会价值。自然，正确的批评是应该兼顾到效率与价值的。

从目前的情形看，一般都只讲求效率了，而忽视了价值，所以我要大声疾呼请大家留心价值。有人以为着重价值就会忽略了效率，就会抹煞了效率，我以为不会。这种担心是多余的。我们不要以为效率会被抹煞，只要看看普遍的情形，我们不是还叫读诗叫欣赏诗吗？我们不是还很重视字句声律这些东西吗？社会价值是重要的，我们要诗成为“负责的宣传”，就非得着重价值不可，因为价值实在是被“忽视”了。

诗是社会的产物。若不是于社会有用的工具，社会是不要它的，诗人掘发出了这原料，让批评家把它做成工具，交给社会广大的人群去消化。所以原料是不怕多的，我们什么诗人都要，什么样的诗都要，只要制造工具的人技术高，技术精。

我以为诗人有等级的，我们假设说如同别的东西一样分做一等二等三等，那么杜甫应该是一等的，因为他的诗博、大。有人说黄山谷、韩昌黎、李义山等都是从杜甫来的，那么，杜甫是包罗了这么多“资源”，而这些资源大部是优良的美好的，你只念杜甫，你不会中毒；你只念李义山就糟了，你会中毒的，所以李义山只是二等诗人。陶渊明的诗是美的，我以为他诗里的资源是类乎珍宝一样的东西，美丽而不有用，是则陶渊明应在杜甫之下了。

所以，我们需要懂得人生，懂得诗，懂得什么是效率，懂得什么是价值的批评家为我们制造工具，编制选本。但是，谁是批评家呢？我不知道。

文艺与爱国——纪念三月十八日

铁狮子胡同大流血之后《诗刊》就诞生了，本是碰巧的事，但是谁能说《诗刊》与流血——文艺与爱国运动之间没有密切的关系？

“爱国精神在文学里，”我让德林克瓦特讲，“可以说是与四季之无穷感兴趣，与美的逝灭，与死的逼近，与对妇人的爱，是一种同等重要的题目。”爱国精神之表现于中外文学里已经是层出不穷，数不胜数了。爱国运动能够和文学复兴互为因果，我只举最近的一个榜样——爱尔兰，便是明确的证据。

我们的爱国运动和新文学运动何尝不是同时发轫的？他们原来是一种精神的两种表现。在表现上两种运动一向是分道扬镳的。我们也可以说正因为他们没有携手，所以爱国运动的收效既不大，新文学运动的成绩也就有限了。

爱尔兰的前例和我们自己的事实已经告诉我们了：这两种运动合起来便能互收效益，分开来定要两败俱伤。所以《诗刊》的诞生刚刚在铁狮子胡同大流血之后，本是碰巧的；我却希望大家要当他不是碰巧的。我希望爱自由，爱正义，爱理想的热血要流在天安门，流在铁狮子胡同，但是也要流在笔尖，流在纸上。

同是一个热烈的情怀，犀利的感觉，见了一片红叶掉下地来，便要百感交集，“泪浪滔滔”，见了十三龄童的赤血在地下踩成泥浆子，反而漠然无动于中。这是不是不近人情？我并不要诗人替人道主义同一切的什么主义捧场。因为讲到主义便是成见了。理性铸成的成见是艺术的致命伤；诗人应该能超脱这一点。诗人应该是一张留声机的片子。钢针一碰着他就响。他自己不能决定什么时候响，什么时候不响。他完全是被动的。他是不能自主，不能自救的。诗人做到了这个地步，便包罗万有，与宇宙契合了。换句话说，这就是所谓伟大的同情心——艺术的真源。

并且同情心发达到极点，刺激来得强，反动也来得强，也许有时仅仅一点文字上的表现还不够，那便非现身说法不可了。所以陆游一个七十衰翁要“泪洒龙床请北征”，拜伦要战死在疆场上了。所以拜伦最完美，最伟大的一首诗也便是这一死。所以我们觉得诸志士们三月十八日的死难不仅是爱国，而且是最伟大的诗，我们若得着死难者的热情的一部分，便可以在文艺上大成功；若得着死难者的热情的全部，便可以追他们的踪迹，杀身成仁了。

因此我们就将《诗刊》开幕的一日最虔诚的献给这次死难的志士们了！

画展

我没有统计过我们这号称抗战大后方的神经中枢之一的昆明，平均一个月有几次画展，反正最近一个星期里就有两次。重庆更不用说，恐怕每日都在画展中，据前不久从那里来的一个官说，那边画展热烈的情形，真令人咋舌（不用讲，无论那处，只要是画展，必是国画）。这现象其实由来已久，在我们的记忆中，抗战与风雅似乎始终是不可分离的，而抗战愈久，雅兴愈高，更是鲜明的事实。

一个深夜，在大西门外的道上，和一位盟国军官狭路相逢，于是攀谈起来了。他问我这战争几时能完，我说："这当然得问你。"

"好罢！"他爽快的答道，"老实告诉你，战争几时开始，便几时完结。"事后我才明白他的意思是说，只要他们真正开始反攻，日本是不值一击的。一个美国人，他当然有资格夸下这海口。但是我，一个中国人，尤其当着一个美国人面前，谈起战争，怎么能不心虚呢？我当时误会了他的意思，但我是爱说实话的。反正人家不是傻子，咱们的底细，人家心里早已是雪亮的，与其欲盖弥彰，倒不如自己先认了，所以我的答话是："战争几时开始？你们不是早已开始了吗？没开始的只是我们。"

对了，你敢说我们是在打仗吗？就眼前的事例说，一面是被吸完血的××编成"行尸"的行列，前仆后继的倒毙在街心，一面是"琳琅满目"，"盛况空前"的画展，你能说这不是一面在"奸污"战争，一面在逃避战争吗？如果是真实而纯洁的战争，就不怕被正视，不，我们还要用钟爱的心情端详它，抚摩它，用骄傲的嗓音讴歌它。唯其战争是因被"奸污"而变成一个腐烂的，臭恶的现实，所以你就不能不闭上眼睛掩着鼻子，赶紧逃过，逃的愈远愈好，逃到"云烟满纸"的林泉丘壑里，逃到"气韵生动"的仕女前……反之，逃得愈远，心境愈有安顿，也愈可以放心大胆让双手去制造血腥的事实。既然"立地成佛"有了保证，屠刀便不妨随时拿起，随时放下，随时放下，随时拿起。原来某一类说不得的事实和画展是互为因果的，血腥与风雅是一而二，二而一罢了。诚然，就个人说，成佛的不一定亲手使过屠刀，可是至少他们也是帮凶和窝户。如果是借刀杀人，让旁人担负使屠刀的劳力和罪名，自己却没了成佛的实惠，其居心便更不可问了。你自命读书明理的风雅阶级，说得轻点，是被利用，重点是你利用别人，反正你是逃不了责任的！

艺术无论在抗战或建国的立场下，都是我们应该提倡的，这点道理并不只你风雅人士们才懂得。但艺术也要看哪一种，正如思想和文学一样，它也有封建的与现代的，或复古的与前进的（其实也就是非人道的与人道的）之别。你若有良心，有魄力，并且不缺乏那技术，请站出来，学学人家的画家，也去当个随军记者，收拾点电网边和战壕里的"烟云"回来，或就在任何后方，把那"行尸"的行列速写下来，给我们认识认识点现实也好，起码你也该在随便一个题材里多给我们一点现代的感觉，八大山人、四王、吴恽、费晓楼、改七芗乃至吴昌硕、齐白石那一套，纵然有他们的历史价值，在珂罗板片中也够逼真的了，用得着你们那笨拙的复制吗？在这复古气焰高涨的年代，自然正是你们扬眉吐气的时机。但是小心不要做了破坏民族战斗意志的奸细和危害国家现代化的帮凶！记着我的话，最后裁判的日子必然来到，那时你们的风雅就是你们的罪状！

龙凤

前些时接到一个新兴刊物负责人一封征稿的信，最使我发生兴味的是那刊物的新颖命名——“龙凤”，虽则照那篇《缘起》看，聪明的主编者自己似乎并未了解这两字中丰富而深邃的含义。无疑的他是被这两个字的奇异的光艳所吸引，他迷惑于那蛇皮的夺目的色彩，却没理会蛇齿中埋伏着的毒素，他全然不知道在玩弄色彩时，自己是在与毒素同谋。

就最早的意义说，龙与凤代表着我们古代民族中最基本的两个单元——夏民族与殷民族，因为在“鲧死，……化为黄龙，是用出禹”和“天命玄鸟（即凤），降而生商”两个神话中，我们依稀看出，龙是原始夏人的图腾，凤是原始殷人的图腾（我说原始夏人和原始殷人，因为历史上夏殷两个朝代，已经离开图腾文化时期很远，而所谓图腾者，乃是远在夏代和殷代以前的夏人和殷人的一种制度兼信仰），因之把龙凤当作我们民族发祥和文化肇端的象征，可说是再恰当不过了。若有人愿意专就这点着眼，而想借“龙凤”二字来提高民族意识和情绪，那倒无可厚非。可惜这层历史社会学的意义在一般中国人心目中并不存在，而“龙凤”给一般人所引起的联想则分明是另一种东西。

图腾式的民族社会早已变成了国家，而封建王国又早已变成了大一统的帝国，这时一个图腾生物已经不是全体族员的共同祖先，而只是最高统治者一姓的祖先，所以我们记忆中的龙凤，只是帝王与后妃的符瑞，和他们及她们宫室舆服的装饰“母题”，一言以蔽之，它们只是“帝德”与“天威”的标记。有了一姓，便对应的产生了百姓，一姓的尊荣，便天然的决定了百姓的苦难。你记得复辟与龙旗的不可分离性，你便会原谅我看见“龙凤”二字而不禁怵目惊心的苦衷了。我是不同意于“天王圣明，臣罪当诛”的。

《缘起》中也提到过“龙凤”二字在文化思想方面的象征意义，他指出了文献中以龙比老子的故事，却忘了一副天生巧对的下联，那便是以凤比孔子的故事。可巧故事都见于《庄子》一书。《天运篇》说孙子见过老聃后，发呆了三天说不出话，弟子们问他给老聃讲了些什么，他说：“吾乃今于是乎见龙——龙合而成体，散而成章，乘云气而养（翔）乎阴阳，予口张而不能嗋，舌举而不能讯，予又何规老聃哉！”这是常用的典故（也就是许多姓李的楹联中所谓“犹龙世泽”的来历）。至于以凤比孔子的典故，也近在眼前，不知为什么从未成为词章家“獭祭”的资料，孔子到了楚国，著名的疯子接舆所唱的那充满讽刺性的歌儿——

凤兮凤兮！何如（汝）德之衰也？来世不可待？往世不可追也！……

不但见于《庄子》（《人间世篇》），还见于《论语》（《微子篇》）。是以前读死书的人不大认识字，不知道“如”是“汝”的假借，因而没弄清话中的意思吗？可是汉石经《论语》“如”作“而”，“而”字本也训“汝”，那么歌辞的喻意，至少汉人是懂得。另一个也许更有趣的以凤比孔子的出典，见于唐宋《类书》所引的一段《庄子》佚文：

老子见孔子从弟子五人，问曰：“前为谁？”对曰：“子路，勇且力。其次子贡为智，曾子为孝，颜回为仁，子张为武。”老子叹曰：“吾闻南方有鸟，其名为凤……凤鸟之文，戴圣婴仁，右智左贤，……”

这里以凤比孔子，似乎更明显。尤其有趣的是，那次孔子称老子为龙，这次是老子回敬孔子，比他作凤，龙凤是天生的一对，孔老也是天生的一对，而话又出自彼此的口中，典则同见于《庄子》。你说这天生巧对是庄子巧思的创造，意匠的游戏——又是他老先生的“谬悠之说，荒唐之言，无端崖之辞”吗？也不尽然。前面说过原始殷人是以凤为图腾的，而孔子是殷人之后，我们尤其熟悉。老子是楚人，向来无异词，楚是祝融六姓中芈姓季连之后，而祝融，据近人的说法，就是那“人面龙身而无足”的烛龙，然则原始楚人也当是一个龙图腾的族团。以老子为龙，孔子为凤，可能是庄子的寓言，但寓言的产生也该有着一种素地，民俗学的素地（这可以《庄子》书中许多其他的寓言为证）。其实凤是殷人的象征，孔子是殷人的后裔。呼孔子为凤，无异称他为殷人；龙是夏人的，也是楚人的象征，说老子是龙，等于说他是楚人，或夏人的本家。中国最古的民族单元不外夏殷，最典型中国式而最有支配势力的思想家莫如孔老，刊物命名为“龙凤”，不仅象征了民族，也象征了最能代表民族气质的思想家，这从某种观点看，不能不说是中国有刊物以来最漂亮的名字了！

然而，还是庄子的道理，“腐臭复化为神奇，神奇复化为腐臭”，——从另一种观点看，最漂亮的说不定也就是最丑恶的。我们在上文说过，图腾式的民族社会早已变成了国家，而封建的王国又早已变成了大一统的帝国，在我们今天的记忆中，龙凤只是“帝德”与“天威”的标记而已。现在从这角度来打量孔老，恕我只能看见一位“申申如也，夭夭如也”而谄上骄下的司寇，和一位以“大巧若拙”的手段“助纣为虐”的柱下史（五千言本也是“君人南面之术”）。有时两个身影叠成一个，便又幻出忽而“内老外儒”，忽而“外老内儒”，种种的奇形怪状。要晓得这条“见首不见尾”的阴谋家——龙，这只“戴圣婴仁”的伪君子——凤，或二者的混合体，和那象征着“帝德”“天威”的龙凤，是不可须臾离的，有了主子，就用得着奴才，有了奴才，也必然会捧出一个主子，帝王与士大夫是相依为命的。主子的淫威和奴才的恶毒——暴发户与破落户双重势力的结合，压得人民半死不活。三千年惨痛的记忆，教我们面对这意味深长的“龙凤”二字，怎能不怵目惊心呢！

事实上，生物界只有穷凶极恶而诡计多端的蛇，和受人豢养，替人帮闲，而终不免被人宰割的鸡，哪有什么龙和凤呢？科学来了，神话该退位了。办刊物的人也得当心，再不得要让“死的拉住活的”了！

要不然，万一非给这民族选定一个象征性的生物不可，那就还是狮子罢，我说还是那能够怒吼的狮子罢，如果它不再太贪睡的话。

兽·人·鬼

刽子手们这次杰作，我们不忍再描述了，其残酷的程度，我们无以名之，只好名之曰兽行，或超兽行。但既已认清了是兽行，似乎也就不必再用人类的道理和它费口舌了。甚至用人类的义愤和它生气，也是多余的。反正我们要记得，人兽是两立的，而我们也深信，最后胜利心属于人！

胜利的道路自然是曲折的，不过有时也实在曲折得可笑。下面的寓言正代表着目前一部分人所走的道路。

村子附近发现了虎，孩子们凭着一般锐气，和虎搏斗了一场，结果遭牺牲了，于是成人们之间便发生了这样一串分歧的议论：

——立即发动全村的人手去打虎。

——在打虎的方法没有布置周密时，劝孩子们暂勿离村，以免受害。

——已经劝阻过了，他们不听，死了活该。

——咱们自己赶紧别提打虎了，免得鼓励了孩子们去冒险。

——虎在深山中，你不惹它，它怎么会惹你?

——是呀！虎本无罪，祸是喊打虎的人闯的。

——虎是越打越凶的，谁愿意打谁打好了，反正我是不去的。

议论发展下去是没完的，而且有的离奇到不可想象。当然这里只限于人——善良的人的议论。至于那“为虎作伥”的鬼的想法，就不必去揣测了。但愿世上真没有鬼，然而我真担心，人既是这样的善良，万一有鬼，是多么容易受愚弄啊!

一个白日梦

林荫路旁侍立着一排像是没有尽头的漂亮的黄墙，墙上自然不缺少我们这“文字国”最典型的方块字的装饰，只因马车跑得太快，来不及念它，心想反正不是机关，便是学校，要不就是营房。忽然两座约莫二丈来高，影壁不像影壁，华表不像华表，极尽丑恶之能事的木质构造闯入了视野，像黑夜里冷不防跳出一声充满杀气的“口令！”那东西可把人吓一跳！那威风凛凛的稻草人式的构造物，和它上面更威风的蓝地白书的八个擘窠大字：

顶天立地

继往开来

也不知道是出自谁人的手笔，或那部“经典”，对子倒对得顶稳的。可是当时我并没有想到那些，我只觉得一阵头昏眼花，不是吓唬的，（稻草人可吓得倒人，）我的头昏眼花恰恰是像被某种气味薰得作呕时的那一种。我问我自己，这究竟是一种什么气味？怎么那样冲人？

我想起了十字牌的政治商标，我明白了。不错，八个字的目的如果在推销一个个人的成功秘诀，那除了希特勒型的神经病患者，谁当得起？如果是标榜一个国家的立国精神，除了纳粹德国一类的世界里，又那儿去找这样的梦？想不出我们炎黄子孙也变得这样伟大！果然如此，区区个人当然也“与有荣焉”，——我的耳根发热了。

个人主义和由它放大的本位主义的肥皂水，居然吹起了这样大而美丽的泡，看，它不但囊括了全部的空间（顶天立地），还垄断了整个的时间（继往开来）！怕只怕一得意，吹得太使劲儿，泡炸了，到那时原形毕露，也不过那么小小一滴水而已，我真为它——也为我自己——捏一把汗。

个人之于社会等于身体的细胞，要一个人身体健全，不用说必需每个细胞都健全。但如果某个细胞太喜欢发达，以至超过它本分的限度而形成瘿瘤之类，那便是病了。健全的个人是必需的，个人发达到排他性的个人主义却万万要不得。如今个人主义还不只是瘿瘤，它简直是因毒菌败坏了一部分细胞而引起的一种恶性发炎的痈疽，浮肿的肌肉开着碗口大的花，那何尝不也是花花绿绿的绚烂的色彩，其实只是一堆臭脓烂肉。唉！气味便是从那里发出的吧！

从排他性的个人主义到排他性的民族主义，是必然的发展。我是英雄，当然我的族类全是英雄。炎性是会得蔓延的，这不必细说。

极端的个人主义者必然也是个唯心主义者。心灵是个人行为的发号施令者，夸大了个人，便夸大了心灵。也许我只是历史上又一个环境的幸运儿，但我总以为我的成功，完全由于自己的意志或精神力量，只因为除了我个人，我什么也没看见。我只知道向自己身上去发现成功的因素，追得愈深，想得愈玄，于是便不能不堕入唯心论的迷魂阵中。

一切环境因素，一切有利的物质条件，一切收入的账都被转到支出项下了，我惊讶于自身无尽的财富，而又找不出它的来源，我的结论只好是“天生德于予”了。于是我不但是英雄，而且是圣人了！

由不曾失败的英雄，一变而为不曾错误的圣人，我便与“真理”同体化了，因而“我”与“人”就变成“是”与“非”的同义语了。从此一切暴行只要是出于我的，便是美德，因为“我”就是“是”。到这时，可怜的个人主义便交了恶运，环境渐渐于我不利，我于是猜忌，疯狂，甚至迷信，我的个人主义终于到了恶性发炎的阶段，我的结局……天知道是什么！

可怕的冷静

一个从灾荒里长成的民族，挨着一切的苦难，总像挨着天灾一样，以麻木的坚忍承受打击，没有招架，没有愤怒，甚至没有呻吟，像冬眠的蛰虫一般，只在半死状态中静候着第二个春天的来临，——这样便是今天的中国，快挨过了第七个年头的国难，它还准备再挨下去，直到那一天，大概一觉醒来，自然会发现胜利就在眼前。客观上，战争与饥饿本也久已打成一片了，因此，愈是实质的战斗员，愈有挨饿的责任，不像人家最前线的人们吃得最好最饱，我们这里真正的饿莩恰恰就是真正的兵士。抗战与灾荒既已打成一片，抗战期中的现象，便更酷肖荒年的现象了。照例是灾情愈重，发财的愈多，结果贫穷的更加贫穷，富贵的更加富贵。照例是灾情严重了，呼吁的声音海外比国内更响，于是救济的主要责任落在外人身上，而国内人士，相形之下，便愈能显出他们那“不动心”的沉着而雍容的风度了。现在一切荒年的社会现象在抗战中又重演一次，不过规模更大，严重性更深刻些罢了。但是说来奇怪，分明是痼疾愈深，危机愈大，社会表层偏要装出一副太平景象的面孔。配合着冠冕堂皇的要人谈话和报纸社评的，是一般社会情绪——今天一个画展，明天一个堂会，“顾左右而言他”的副刊和小报一天天充斥起来，内容一天比一天软性化。从抗战开始以来，没有见过今天这样“众人熙熙，如享太牢，如登春台”的景象，这不知道是肺结核患者脸上的红晕呢，还是将死前的回光返照！

一部分人为着旁人的剥削，在饥饿中畜生似的沉默着，另一部分人却在舒适中兴高采烈的粉饰着太平，这现象是叫人不能不寒心的，如果他还有一点同情心与正义感的话。然而不知道是为了谁的体面，你还不能声张。最可虑的是不通世故而血气方刚的青年，面对这种事实，又将作何感想？对了，怕支摇抗战，但饥饿能抗战吗？粉饰饥饿就是抗战吗？如果抗战是天经地义，不要忘记当年的青年，便是撑持这天经地义最有力的支柱，可见青年盲目而又不盲目，在平时他不免盲目，在非常时期他却永远是不盲目的。原来非常时期所需要的往往不是审慎，而是勇气，而在这上面，青年是比任何人都强的。正如当年激起抗战怒潮的是青年，今天将要完成抗战大业的力量，也正是这蕴藏在青年心灵中的烦躁。这不是浮动，而是活力的脉搏。民族必需生存，抗战必需胜利，在这最高原则之下，任何平时的轨范都是可以暂时搁置的枝节。火烧上了眉毛，就得抢救。这是一个非常时期！

如果老年人中年人能负起责任，那自然更好，便事实上，战争先天的是青年人的工作（它需要青年的体质和青年的热情），所以如果老年人中年人肯负起责任，也只是参加青年的工作，或与青年分工合作，而不是代替青年的工作。战争既先天的是青年的工作，那么战时的国家就得以青年的意志为意志，虽则在战争的技术上，老年人的智慧也是不可少的。

从抗战开始到今天，我们遭遇过两个关键，当初要不要抗战，是第一个关键，今天要不要胜利，是第二个关键，而第一个关键本来早已决定了第二个，因为既打算抗战，当然要胜利。但事实上目前的一切分明是朝着与胜利相反的方向发展，所以可怪的，是一部分人虽然看出方向的错误，却还要力持冷静，或从一些烦琐的立场，认为不便声张，不必声张。眼看青年完成抗战，争取胜利的意志必须贯彻，然而没有老年人中年人的智慧予以调节与指导，青年的力量不免浪费。万一还有人固执起来，利用他们的地位与力量，阻止了青年意志的贯彻，那结果便更不堪设想了。时机太危急了，这不是冷静的时候，希望老年人中年人的步调能与青年齐一，早点促成胜利的来临！大众的坚忍的沉默是可原谅的，因为他们是灾荒中生长的，而灾荒养成了他们的麻木，有着粉饰太平的职责的人们是可原谅的，因为他们也有理由麻木。可是负有领导青年责任的人们，如果过度的冷静，也是可怕的，当这不宜冷静的时候！

八年的回忆与感想

说到联大的历史和演变，我们应追溯到长沙临时大学的一段生活。最初，师生们陆续由北平跑出，到长沙聚齐，住在圣经学校里，大家的情绪只是兴奋而已。记得教授们每天晚上吃完饭，大家聚在一间房子里，一边吃着茶，抽着烟，一边看着报纸，研究着地图，谈论着战事和各种问题。有时一个同事新从北方来到，大家更是兴奋的听他的逃难的故事和沿途的消息。大体上说，那时教授们和一般人一样只有着战争刚爆发时的紧张和愤慨，没有人想到战争是否可以胜利。既然我们被迫得不能不打，只好打了再说。人们只对于保卫某据点的时间的久暂，意见有些出入，然而即使是最悲观的也没有考虑到战事如何结局的问题。那时我们甚至今天还不大知道明天要做什么事。因为学校虽然天天在筹备开学，我们自己多数人心里却怀着另外一个幻想。我们脑子里装满了欧美现代国家的观念，以为这样的战争，一发生，全国都应该动员起来，自然我们自己也不是例外。于是我们有的等着政府的指示：或上前方参加工作，或在后方从事战时的生产，至少也可以在士兵或民众教育上尽点力，事实证明这个幻想终于只是幻想，于是我们的心理便渐渐回到自己岗位上的工作，我们依然得准备教书，教我们过去所教的书了。

因为长沙圣经学校校舍的限制，我们文学院是指定在南岳上课的。在这里我们住的房子也是属于圣经学校的。这些房子是在山腰上，前面在我们脚下是南岳镇，后面往山里走，便是那探索不完的名胜了。

在南岳的生活，现在想起来，真有“恍如隔世”之感。那时物价还没有开始跳涨，只是在微微的波动着罢了。记得大前门纸烟涨到两毛钱一包的时候，大家曾考虑到戒烟的办法。南岳是个偏僻地方，报纸要两三天以后才能看到，世界注意不到我们，我们也就渐渐不大注意世界了，于是在有规则性的上课与逛山的日程中，大家的生活又慢慢安定下来。半辈子的生活方式，究竟不容易改掉，暂时的扰动，只能使它表面上起点变化，机会一来，它还是要恢复常态的。

讲到同学们，我的印象是常有变动，仿佛随时走掉的并不比新来的少，走掉的自然多半是到前线参加实际战争去的。但留下的对于功课多数还是很专心的。

抗战对中国社会的影响，那时还不甚显著，人们对蒋委员长的崇拜与信任，几乎是没有限度的。在没有读到史诺的《西行漫记》一类的书的时候，大家并不知道抗战是怎样起来的，只觉得那真是由于一个英勇刚毅的领导，对于这一个人，你除了钦佩，还有什么话可说呢！有一次，我和一位先生谈到国共问题，大家都以为西安事变虽然业已过去，抗战却并不能把国共双方根本的矛盾彻底解决，只是把它暂时压下去罢了，这个矛盾将来是可能又现出来的。然则应该如何永久彻底解决这矛盾呢？这位先生认为英明神圣的领袖，代表着中国人民的最高智慧，时机来了，他一定会向左靠拢一点，整个国家民族也就会跟着他这样做，那时左右的问题自然就不存在了。现在想想，中国的“真命天子”的观念真是根深蒂固！可惜我当时没有反问这位先生一句：“如果领袖不向平安的方向靠，而是向黑暗的深渊里冲，整个国家民族是否也就跟着他那样做呢？”

但这在当时究竟是辽远的事情，当时大家争执得颇为热烈的倒是应否实施战时教育的问题。同学中一部分觉得应该有一种有别于平时的战时教育，包括打靶，下乡宣传之类。教授大都与政府的看法相同：认为我们应该努力研究，以待将来建国之用，何况学生受了训，不见得比大兵打得更好，因为那时的中国军队确乎打得不坏。结果是两派人各行其是，愿意参加战争的上了前线，不愿意的依然留在学校里读书。这一来，学校里的教育便变得更单纯的为教育而教育，也就是完全与抗战脱节的教育。在这里，我们应该注意：并不是全体学生都主张战时教育而全体教授都主张平时教育，前面说过，教授们也曾经等待过征调，只因征调没有消息，他们才回头来安心教书的。有些人还到南京或武汉去向政府投效过的，结果自然都败兴而返。至于在学校里，他们最多的人并不积极反对参加点配合抗战的课程，但一则教育部没有明确的指示，二则学校教育一向与现实生活脱节，要他们炮声一响马上就把教育和现实配合起来，又叫他们如何下手呢？

武汉情势日渐危急，长沙的轰炸日益加剧，学校决定西迁了。一部分男同学组织了步行团，打算从湖南经贵州走到云南。那一次参加步行团的教授除我之外，还有黄子坚，袁复礼，李继侗，曾昭抡等先生，我们沿途并没有遇到土匪，如外面所传说的。只有一次，走到一个离土匪很近的地方，一夜大家紧张戒备，然而也是一场虚惊而已。

那时候，举国上下都在抗日的紧张情绪中，穷乡僻壤的老百姓也都知道要打日本，所以沿途并没有作什么宣传的必要。同人民接近倒是常有的事。但多数人所注意的还是苗区的风俗习惯，服装，语言和名胜古迹等等。

在旅途中同学们的情绪很好，仿佛大家都觉得上面有一个英明的领袖，下面有五百万勇敢用命的兵士抗战，反正是没有问题的。我们只希望到昆明后，有一个能给大家安心读书的环境，大家似乎都不大谈，甚至也不大想政治问题。有时跟辅导团团长为了食宿闹点别扭，也都是很小的事，一般说来，都是很高兴的。

到昆明后，文法学院到蒙自呆了半年，蒙自又是一个世外桃源。到蒙自后，抗战的成绩渐渐露出马脚，有些被抗战打了强心针的人，现在，兴奋的情绪不能不因为冷酷的事实而渐渐低落了。

在蒙自，吃饭对于我是一件大苦事。第一我吃菜吃得咸，而云南的菜淡得可怕，叫厨工每餐饭准备一点盐，他每每又忘记，我也懒得多麻烦，于是天天只有忍痛吃淡菜。第二，同桌是一群著名的败北主义者，每到吃饭时必大发其败北主义的理论，指着报纸得意洋洋说："我说了要败，你看罢！现在怎么样？"他们人多势众，和他们辩论是无用的。这样，每次吃饭对于我简直是活受罪。

云南的生活当然不如北平舒服。有些人的家还在北平，上海或是香港，他们离家太久，每到暑假当然想回去看看，有的人便在这时一去不返了。

等到新校舍筑成，我们搬回昆明。这中间联大有一段很重要的历史，就是在皖南事变时期，同学们在思想上分成了两个堡垒。那年我正休假，在晋宁县住了一年，所以校内的情形不大清楚，只听说有一部分同学离开了学校，但是后来又陆续回来了。

教授的生活在那时因为物价还没有很显著的变化，并没有大变动。交通也比较方便，有的教授还常常回北平去看看家里的人。

一般说来，先生和同学那时都注重学术的研究和学习，并不像现在整天谈政治，谈时事。

大学的课程，甚至教材都要规定，这是陈立夫做了教育部部长后才有的现象。这些花样引起了教授中普遍的反感。有一次教育部要重新“审定”教授们的“资格”，教授会中讨论到这问题，许多先生，发言非常愤慨，但，这并不意味着反对国民党的情绪。

联大风气开始改变，应该从三十三年算起，那一年政府改三月二十九日为青年节，引起了教授和同学们一致的愤慨。抗战期中的青年是大大的进步了，这在“一二·一”运动中，表现得尤其清楚。那几年同学中跑仰光赚钱的固然有，但那究竟是少数，并且这责任归根究底，还应该由政府来负。

这两年来，同学们对学术研究比较冷淡，确是事实，但人们因此而悲观，却是过虑。政治问题诚然是暂时的事，而学术研究是一个长期的工作。有些人主张不应该为了暂时的工作而荒废了永久的事业，初听这说法很有道理，但是暂时的难关通不过，怎能达到那永久的阶段呢？而且政治上了轨道，局势一安定下来，大家自然会回到学术里来的。

这年头愈是年轻的，愈能识大体，博学多能的中年人反而只会挑剔小节，正常青年们昂起头来做人的时候，中年人却在黑暗的淫威面前屈膝了。究竟是谁应该向谁学习？想到这里，我觉得在今天所有的不合理的现象之中，教育，尤其大学教育，是最不合理的。抗战以来八九年教书生活的经验，使我整个的否定了我们的教育。我不知道我还能继续支持这样的生活多久，如果我真是有廉耻的话！

“五四”断想

旧的悠悠死去，新的悠悠生出，不慌不忙，一个跟一个，——这是演化。

新的已经来到，旧的还不肯去，新的急了，把旧的挤掉，——这是革命。

挤是发展受到阻碍时必然的现象，而新的必然是发展的，能发展的必然是新的，所以青年永远是革命的，革命永远是青年的。

新的日日壮健着（量的增长），旧的日日衰老着（量的减耗），壮健的挤着衰老的，没有挤不掉的。所以革命永远是成功的。

革命成功了，新的变成旧的，又一批新的上来了。旧的停下来拦住去路，说：“我是赶过路程来的，我的血汗不能白流，我该歇下来舒服舒服。”新的说：“你的舒服就是我的痛苦，你耽误了我的路程”，又把他挤掉……如此，武戏接二连三的演下去，于是革命似乎永远“尚未成功”。

让曾经新过来的旧的，不要只珍惜自己的过去，多多体念别人的将来，自己腰酸腿痛，拖不动了，就赶紧让。“功成身退”，不正是光荣吗？“后生可畏，焉知来者之不如今也！”这也是古训啊！

其实青年并非永远是革命的，“青年永远是革命的”这定理，只在“老年永远是不肯让路的”这前提下才能成立。

革命也不能永远“尚未成功”。几时旧的知趣了，到时就功成身退，不致阻碍了新的发展，革命便成功了。

旧的悠悠退去，新的悠悠上来，一个跟一个，不慌不忙，那天历史走上了演化的常轨，就不再需要变态的革命了。

但目前，我们还要用“挤”来争取“悠悠”，用革命来争取演化。“悠悠”是目的，“挤”是达到目的的手段。

于是又想到变与乱的问题。就是悠悠的演化，乱是挤来挤去的革命。若要不乱挤，就只得悠悠的变。若是该变而不变，那只有挤得你变了。

子在川上，曰：“逝者如斯夫，不舍昼夜！”古训也发挥了变的原理。

家族主义与民族主义

周初是我们历史的成年期，我们的文化也就在那时定型了。当时的社会组织是封建的，而封建的基础是家族，因此我们三千年来的文化，便以家族主义为中心，一切制度，祖先崇拜的信仰，和以孝为核心的道德观念等等，都是从这里产生的。与家族主义立于相反地位的一种文化势力，便是民族主义。这是我们历史上比较晚起的东西。在家族主义的支配势力之下，它的发展起初很迟钝，而且是断断续续的，直至最近五十年，因国际形势的刺激，才有显著的持续的进步。然而时代变得太快，目前这点民族意识的觉醒，显然是不够的。我们现在将三千年来家族主义与民族主义两个势力发展的情形，作一粗略的检讨，这对于今后发展民族主义许是应有的认识。

上文已经说过，建立封建制度的基础是家族制度。但封建制度的崩溃，也正由于它这基础。一个最强固的家族，是在它发展得不大不小的时候。太小固然不足以成为一个力量，太大则内部散漫，本身力量互相抵消，因此也不能成为一个坚强统一的有机体。封建的重心始终在中层的大夫阶级，理由便在此。重心在大夫，所以侯国与王朝必趋于削弱，以至制度本身完全解体。一方面封建制度下所谓国，既只是一群家的组合体，其重心在家而不在国，一方面国与国间的地理环境，既无十分难以打通的天然墙壁，而人文方面，尤其是文字的统一，处处都是妨碍任何一国发展其个别性的条件，因此在列国之间，类似民族主义的观念便无从产生。春秋时诚然喊过一度“尊王攘夷”的口号，但是那“夷”毕竟太容易“攘”了（有的还不待攘而自被同化），所以也没有逼出我们的民族主义来。我们一直在为一种以家族主义为基础的天下主义努力，那便是所谓“天下一家”的理想。到了秦汉，这理想果然实现了。就以家族主义为基础的精神看来，郡县只是抽掉了侯国的封建——一种阶层更简单，组织更统一，基础更稳固的封建制度，换言之，就是一种更彻底，更合理的家族主义的社会组织。汉人看清了这一点，索性就以治家之道治天下，而提倡孝，尊崇儒术。这办法一直维持了二千余年，没有变过，可见它对于维持内部秩序相当有效。可惜的是一个国家的问题不仅从内部发生，因而家族主义的作用也就有时而穷了。

自汉朝以孝行为选举人才的标准，渐渐造成汉末魏晋以来的门阀之风，于是家族主义更为发达。突然来临的五胡乱华的局面，不但没有刺激我们的民族主义，反而加深了我们的家族主义。因为当时的人是用家族主义来消极的抵抗外患。所以门阀之风到了六朝反而更盛，如果当时侵入的异族讲了民族主义，一意要胡化中国，我们的家族主义未尝不可变质为民族主义。无奈那些胡人只是学华语，改汉姓，一味向慕汉化，人家既不讲民族主义，我们的民族主义自然也讲不起来。一方面我们自己想借家族主义以抵抗异族，一方面异族也用釜底抽薪的手段，附和我们的家族主义，以图应付我们，于是家族主义便愈加发达，而民族意识便也愈加消沉。再加上当时内侵的异族本身，在种族方面万分复杂，更使民族主义无从讲起。结果到了天宝之乱，几乎整个朝廷的文武百官，都为了保全身家性命，投降附逆了。一位“麻鞋见天子，衣袖露两肘”的诗人便算作了不得的忠臣，那时代的忠的观念之缺乏，真叫人齿冷！这大概是历史上民族意识最消沉的一个时期了。

然而唐初已开始设法破坏门阀，而轻明经，重进士的选举制度也在暗中打击拥护家族主义的儒家思想，这些措施虽未能立刻发生影响而消灭门阀观念，但至少中唐以下，十分不尽人情的孝行是不多见了（韩愈辩讳便是孝的观念在改变中之一例）。这是历史上一个重要的转捩点。因为老实说，忠与孝根本是冲突的，若非唐朝先把孝的观念修正了，临到宋朝，无论遇到多大的外患，还是不会表现那么多忠的情绪的。孝让一步，忠才能进一步，忠孝不能两全，家族主义与民族主义不能并立，不管你愿意与否，这是铁的事实。

历史进行了三分之二的年代，到了宋朝，民族主义这才开始发芽，迟是太迟，但仍然是值得庆幸的。此后的发展，虽不是直线的，大体说来，还是在进步着。从宋以下，直到清末科举被废，历代皆以经义取士，这证明了以孝为中心思想的家族主义，依然在维持着它的历史的重要性。但蒙古族以及最近异族的侵略，却不断的给予了我们民族主义发展的机会，而且每一次民族革命的爆发，都比前一次更为猛烈，意识也更为鲜明。由明太祖而太平天国，而辛亥革命，以至目前的抗战，我们确乎踏上了民族主义的路。但这条路似乎是扇形的，开端时路面很窄，因此和家族主义的路两不相妨，现在路面愈来愈宽，有侵占家族主义的路面之势，以至将来必有那么一天，逼得家族主义非大大让步不可。家庭是永远不能废的，但家族主义不能存在。家族主义不存在，则孝的观念也要大大改变，因此儒家思想的价值也要大大减低了。家族主义本身的好坏，我们不谈，它妨碍民族主义的发展是事实，而我们现在除了民族主义，没有第二条路可走（因为这是到大同主义必经之路），所以我们非请它退让不可。

有人或许以为讲民族主义，必需讲民族文化，讲民族文化，必须以儒家为皈依。因而便不得不替家族主义辩护，这似乎是没有认清历史的发展。而且中国的好东西至少不仅仅是儒家思想，而儒家思想的好处也不在其维护家族主义的孝的精神。前人提过“移孝作忠”的话，其实真是孝，就无法移作忠，既已移作忠，就不能再是孝了。倒是“忠孝不能两全”真正一语破的了。

说舞

一场原始的罗曼司

假想我们是在参加着澳洲风行的一种科罗泼利（Corro Borry）舞。

灌木林中一块清理过的地面上，中间烧着野火，在满月的清辉下吐着熊熊的赤焰。现在舞人们还隐身在黑暗的丛林中从事化装。野火的那边，聚集着一群充当乐队的妇女。忽然林中发出一种坼裂声，紧跟着一阵沙沙的摩擦声——舞人们上场了。闯入火光圈里来的是三十个男子，一个个脸上涂着白垩，两眼描着圈环，身上和四肢画着些长的条纹。此外，脚踝上还系着成束的树叶，腰间围着兽皮裙。这时那些妇女已经面对面排成一个马蹄形。她们完全是裸着的。每人在两膝间绷着一块整齐的袋鼠皮。舞师呢，他站在女人们和野火之间，穿的是通常的袋鼠皮围裙，两手各执一棒。观众或立或坐的围成一个圆圈。

舞师把舞人们巡视过一遭之后，就回身走向那些妇女们。突然他的棒子一拍，舞人们就闪电般的排成一行，走上前来。他再视察一番，停了停等行列完全就绪了，就发出信号来，跟着他的木棒的拍子，舞人们的脚步移动了，妇女们也敲着袋鼠皮唱起歌来。这样，一场科罗泼利便开始了。

拍子愈打愈紧，舞人的动作也愈敏捷，愈活泼，时时扭动全身，纵得很高，最后一齐发出一种尖锐的叫声，突然隐入灌木林中去了。场上空了一会儿。等舞师重新发出信号，舞人们又再度出现了。这次除舞队排成弧形外，一切和从前一样。妇女们出来时，一面打着拍子，一面更大声的唱，唱到几乎嗓子都要裂了，于是声音又低下来，低到几乎听不见声音。歌舞的尾声和第一折相仿佛。三、四、五折又大同小异的表演过了。但有一次舞队是分成四行的，第一行退到一边，让后面几行向前迈进，到达妇人们面前，变作一个由身体四肢交锁成的不可解的结，可是各人手中的棒子依然在飞舞着。你真害怕他们会打破彼此的头。但是你放心，他们的动作无一不遵守着严格的规律，决不会出什么岔子的。这时情绪真紧张到极点，舞人们在自己的噪呼声中，不要命的顿着脚跳跃，妇女们也发狂似的打着拍子引吭高歌。响应着他们的热狂的，是那高烛云空的火光，急雨点似的劈拍的喷射着火光。最后舞师两臂高举，一阵震耳的掌声，舞人们退场了，妇女和观众也都一哄而散，抛下一片清冷的月光，照着野火的余烬渐渐熄灭了。

这就是一场澳洲的科罗泼利舞，但也可以代表各地域各时代任何性质的原始舞，因为它们的目的总不外乎下列这四点：（一）以综合性的形态动员生命，（二）以律动性的本质表现生命，（三）以实用性的意义强调生命，（四）以社会性的功能保障生命。

综合性的形态

舞是生命情调最直接，最实质，最强烈，最尖锐，最单纯而又最充足的表现。生命的机能是动，而舞便是节奏的动，或更准确点，有节奏的移易地点的动，所以它是生命机能的表演。但只有在原始舞里才看得出舞的真面目，因为它是真正全体生命机能的总动员，它是一切艺术中最大综合性的艺术。它包有乐与诗歌，那是不用说的。它还有造型艺术，舞人的身体是活动的雕刻，身上的文饰是图案，这也都显而易见。所当注意的是，画家所想尽方法而不能圆满解决的光的效果，这里借野火的照明，却轻轻的抓住了。而野火不但给了舞光，还给了它热，这触觉的刺激更超出了任何其它艺术部门的性能。最后，原始人在舞的艺术中最奇特的创造，是那月夜丛林的背景对于舞场的一种镜框作用。由于框外的静与暗，和框内的动与明，发生着对照作用，使框内一团声音光色的活动情绪更为集中，效果更为强烈，藉以刺激他们自己对于时间（动静）和空间（明暗）的警觉性，以便加强了自己生命的实在性。原始舞看来简单，唯其简单，所以能包含无限的复杂。

律动性的本质

上文说舞是节奏的动，实则节奏与动，并非二事。世间决没有动而不成节奏的，如果没有节奏，我们便无从判明那是动。通常所谓“节奏”是一种节度整齐的动，节度不整齐的，我们只称之为“动”，或乱动，因此动与节奏的差别，实际只是动时节奏性强弱的程度上的差别，而并非两种性质根本不同的东西。上文已说过，生命的机能是动，而舞是有节奏的移易地点的动，所以也就是生命机能的表演。现在我们更可以明白，所谓表演与非表演，其间也只有程度的差别而已。一方面生命情绪的过度紧张，过度兴奋，以至成为一种压迫，我们需要一种更强烈，更集中的动，来宣泄它，和缓它。一方面紧张与兴奋的情绪，是一种压迫，也是一种愉快，所以我们也需要在更强烈，更集中的动中来享受它。常常有人讲，节奏的作用是在减少动的疲乏。诚然。但须知那减少疲乏的动机，是积极而非消极的，而节奏的作用是调整而非限制。因为由紧张的情绪发出的动是快乐，是可珍惜的，所以要用节奏来调整它，使它延长，而不致在乱动中轻轻浪费掉。甚至这看法还是文明人的主观，态度还不够积极。节奏是为减轻疲乏的吗？如果疲乏是讨厌的，要不得的，不如干脆放弃它。放弃疲乏并不是难事，在那月夜，如果怕疲乏，躺在草地上对月亮发愣，不就完了吗？如果原始人真怕疲乏，就干脆没有舞那一套，因为无论怎样加以调整，最后疲乏总归是要来到的，不，他们的目的是在追求疲乏，而舞（节奏的动）是达到那目的最好的通路。一位著者形容新南威尔斯土人的舞说："……鼓声渐渐紧了，动作也渐渐快了，直至达到一种如闪电的速度。有时全体一跳跳到半空，当他们脚尖再触到地面时，那分开着的两腿上的肉腓，颤动得直使那白垩的条纹，看去好像蠕动的长蛇，同时一阵强烈的嘶声充满空中（那是他们的喘息声）。"非洲布须曼人的摩科马舞（Mokoma）更是我们不能想象的。"舞者跳到十分疲劳，浑身淌着大汗，口里还发出千万种叫声，身体做着各种困难的动作，以至一个一个的，跌倒在地上，浴在源源而出的鼻血泊中。因此他们便叫这种舞作摩科马，意即血的舞。"总之，原始舞是一种剧烈的，紧张的，疲劳性的动，因为只有这样他们才体会到最高限度的生命情调。

实用性的意义

西方学者每分舞为模拟式的与操练式的二种，这又是文明人的主观看法。二者在形式上既无明确的界线，在意义上尤其相同。所谓模拟舞者，其目的，并不如一般人猜想的，在模拟的技巧本身，而是在模拟中所得的那逼真的情绪。他们甚至不是在不得已的心情下以假代真，或在客观的真不可能时，乃以主观的真权当客观的真。他们所求的只是那能加强他们的生命感的一种提炼的集中的生活经验——一杯能使他们陶醉的醇醴而酷烈的酒。只要能陶醉，那酒是真是假，倒不必计较，何况真与假，或主观与客观，对他们本没有多大区别呢！他们不因舞中的“假”而从事于舞，正如他们不以巫术中的“假”而从事巫术。反之，正因他们相信那是真，才肯那样做，那样认真的做（儿童的游戏亦复如此）。既然因日常生活经验不够提炼与集中，才要借艺术中的生活经验——舞来获得一醉。那么模拟日常生活经验，就模拟了它的不提炼与不集中，模拟得愈像，便愈不提炼，愈不集中，所以最彻底的方法，是连模拟也放弃了，而仅剩下一种抽象的节奏的动。这种舞与其称为操练舞，不如称为“纯舞”，也许还比较接近原始心理的真相。一方面，在高度的律动中，舞者自身得到一种生命的真实感（一种觉得自己是活着的感觉），那是一种满足。另一方面，观者从感染作用，也得到同样的生命的真实感，那也是一种满足，舞的实用意义便在这里。

社会性的功能

或由本身的直接经验（舞者），或者感染式的间接经验（观者），因而得到一种觉着自己是活着的感觉，这虽是一种满足，但还不算满足的极致。最高的满足，是感到自己和大家一同活着，各人以彼此的“活”互相印证，互相支持，使各人自己的“活”更加真实，更加稳固，这样的满足才是完整的，绝对的。这群体生活的大和谐的意义，便是舞的社会功能的最高意义。由和谐的意识而发生一种团结与秩序的作用，便是舞的社会功能的次一等的意义。关于这点，高罗斯（Ernest Groose）讲得最好："在跳舞的白热中，许多参与者都混成一体，好像是被一种感情所激动而动作的单一体。在跳舞期间，他们是在完全统一的社会态度之下，舞群的感觉和动作正像一个单一的有机体。原始跳舞的社会意义全在乎统一社会的感应力。他们领导并训练一群人，使他们在一种动机，一种感情之下，为一种目的而活动（在他们组织散漫和不安定的生活状态中，他们的行为常被各个不同的需要和欲望所驱使）。它至少乘机介绍了秩序和团结给这狩猎民族的散漫无定的生活中。除战争外，恐怕跳舞对于原始部落的人，是唯一的使他们觉着休戚相关的时机。它也是对于战争最好的准备之一，因为操练式的跳舞有许多地方相当于我们的军事训练。在人类文化发展上，过分估计原始跳舞的重要性，是一件困难的事。一切高级文化，是以各个社会成分的一致有秩序的合作为基础的，而原始人类却以跳舞训练这种合作"。舞的第三种社会功能更为实际。上文说过，主观的真与客观的真，在原始人类意识中没有明确的分野。在感情极度紧张时，二者尤易混淆，所以原始舞往往弄假成真，因而发生不少的暴行。正因假的能发生真的后果，所以他们常常用这假的作为钩引真的媒介。许多关于原始人类战争的记载，都说是以跳舞开场的，而在我国古代，武王伐纣前夕的歌舞，即所谓"武宿夜"者，也是一个例证。

文学的历史动向

人类在进化的途程中蹒跚了多少万年，忽然这对近世文明影响最大最深的四个古老民族——中国，印度，以色列，希腊——都在差不多同时猛抬头，迈开了大步。约当纪元前一千年左右，在这四个国度里，人们都歌唱起来，并将他们的歌记录在文字里，给流传到后代。在中国，《三百篇》里最古部分——《周颂》和《大雅》，印度的《黎俱吠陀》（Rig-Veda），《旧约》里最早的《希伯来诗篇》，希腊的《伊利亚特》（Iliad）和《奥德赛》（Odyssey）——都约略同时产生。再过几百年，在四处思想都觉醒了，跟着是比较可靠的历史记载的出现。从此，四个文化，在悠久的年代里，起先是沿着各自的路线，分途发展，不相闻问，然后，慢慢的随着文化势力的扩张，一个个的胳臂碰上了胳臂，于是吃惊，点头，招手，交谈，日子久了，也就交换了观念思想与习惯。最后，四个文化慢慢的都起着变化，互相吸收，融合，以至总有那么一天，四个的个别性渐渐消失，于是文化只有一个世界的文化。这是人类历史发展的必然路线，谁都不能改变，也不必改变。

上文说过，四个文化猛进的开端都表现在文学上，四个国度里同时迸出歌声。但那歌的性质并非一致的。印度，希腊，是在歌中讲着故事，他们那歌是比较近乎小说戏剧性质的，而且篇幅都很长，而中国，以色列则都唱着以人生与宗教为主题的较短的抒情诗。中国与以色列许是偶同，印度与希腊都是雅利安种人，说着同一系统的语言，他们唱着性质比较类似的歌，倒也不足怪。

中国，和其余那三个民族一样，在他开宗第一声歌里，便预告了他以后数千年间文学发展的路线。《三百篇》的时代，确乎是一个伟大的时代，我们的文化大体上是从这一刚开端的时期就定型了。文化定型了，文学也定型了，从此以后二千年间，诗——抒情诗，始终是我国文学的正统的类型，甚至除散文外，它是唯一的类型。赋，词，曲，是诗的支流，一部分散文，如赠序，碑志等，是诗的副产品，而小说和戏剧又往往以各自不同的方式夹杂些诗。诗，不但支配了整个文学领域，还影响了造型艺术，它同化了绘画，又装饰了建筑（如楹联，春帖等）和许多工艺美术品。

诗似乎也没有在第二个国度里，像它在这里发挥过的那样大的社会功能。在我们这里，一出世，它就是宗教，是政治，是教育，是社交，它是全面的生活。维系封建精神的是礼乐，阐发礼乐意义的是诗，所以诗支持了那整个封建时代的文化。此后，在不变的主流中，文化随着时代的进行，在细节上曾多少发生过一些不同的花样。诗，它一面对主流尽着传统的呵护的职责，一方面仍给那些新花样忠心的服务。最显著的例是唐朝。那是一个诗最发达的时期，也是诗与生活拉拢得最紧的一个时期。

从西周到春秋中叶，从建安到盛唐，这中国文学史上两个最光荣的时期，都是诗的时期。两个时期各各拖着一条姿势稍异，但同样灿烂的尾巴，前者的是《楚辞》，《汉赋》，后者的是五代宋词，而这辞赋与词还是诗的支流。然则从西周到宋，我们这大半部文学史，实质上只是一部诗史。但是诗的发展到北宋实际也就完了。南宋的词已经是强弩之末。就诗本身说，连尤、杨、范、陆和稍后的元遗山似乎都是多余的，重复的，以后的更不必提了。我们只觉得明清两代关于诗的那许多运动和争论都是无味的挣扎。每一度挣扎的失败，无非重新证实一遍那挣扎的徒劳无益而已。本来从西周唱到北宋，足足两千年的工夫也够长的了，可能的调子都已唱完了。到此，中国文学史可能不必再写，假如不是两种外来的文艺形式——小说与戏剧，早在旁边静候着，准备届时上前来“接力”。是的，中国文学史的路线南宋起便转向了，从此以后是小说戏剧的时代。

故事与雏形的歌舞剧，以前在中国本土不是没有，但从未发展成为文学的部门。对于讲故事，听故事，我们似乎一向就不大热心。不是教诲的寓言，就是纪实的历史，我们从未养成单纯的为故事而讲故事，听故事的兴趣。我们至少可说，是那充满故事兴味的佛典之翻译与宣讲，唤醒了本土的故事兴趣的萌芽，使它与那较进步的外来形式相结合，而产生了我们的小说与戏剧。故事本是民间的产物，不用讳言，它的本质是低级的。（便在小说戏剧里，过多的故事成分不也当悬为戒条吗？）正如从故事发展出来的小说戏剧，其本质是平民的，诗的本质是贵族的。要晓得它们之间距离很大，而距离是会孕育恨的。所以我们的文学传统既是诗，就不但是非小说戏剧的，而且推到极端，可能还是反小说戏剧的。若非宗教势力带进来那点新鲜刺激，而且自己的歌实在也唱到无可再唱的了，我们可能还继续产生些《韩非·说储》，或《燕丹子》一类的故事，和《九歌》一类的雏形歌舞剧，但是，元剧和章回小说决不会有。然而本土形式的花开到极盛，必归于衰谢，那是一切生命的规律，而两个文化波轮由扩大而接触而交织，以致新的异国形式必然要闯进来，也是早经历史命运注定了的。异国形式也许早就来到了，早到起码是汉朝佛教初输入的时候，你可以在几百年中不注意它，等到注意了之后，还可以延宕，踌躇个又一度几百年，直到最后，万不得已的，这才死心塌地，接受了吧！但那只是迟早问题。反正自己的花无法再开，那命数你得承认。新的种子从外面来到，给你一个再生的机会，那是你的福分。你有勇气接受它，是你的聪明，肯细心培植它，是有出息，结果居然开出很不寒伧的花朵来，更足以使你自豪！

第一度外来影响刚刚扎根，现在又来了第二度的。第一度佛教带来的印度影响是小说戏剧，第二度基督教带来的欧洲影响又是小说戏剧（小说戏剧是欧洲文学的主干，至少是特色），你说这是碰巧吗？

不然。欧洲文化正如它的鼻祖希腊文化一样，和印度文化，往大处看，还不是一家？这样说来，在这两度异乡文化东渐的阵容中，印度不过是欧洲的头，欧洲是印度的尾而已。就文化接触的全盘局势来看，头已进来，尾的迟早必需来到，应该也是早已料到的事。第一度外来影响，已经由扎根而开花了，但还不算开到最茂盛的地步，而本土的旧形式，自从枯萎后，还不见再荣的迹象，也实在没有再荣的理由。现在第二度外来影响，又与第一度同一种类，毫无问题，未来的中国文学还要继续那些伟大的元、明、清人的方向，在小说戏剧的园地上发展。待写的一页文学史，必然又是一段小说戏剧史，而且较向前的一段，更为热闹，更为充实。

但在这新时代的文学动向中，最值得揣摩的，是新诗的前途。你说，旧诗的生命诚然早已结束，但新诗——这几乎是完全重新再做起的新诗，也没有生命吗？对了，除非它真能放弃传统意识，完全洗心革面，重新做起。但那差不多等于说，要把诗做得不像诗了。也对。说得更确点，不像诗，而像小说戏剧，至少让它多像点小说戏剧，少像点诗。太多“诗”的诗，和所谓“纯诗”者，将来恐怕只能以一种类似解嘲与抱歉的姿态，为极少数人存在着。在一个小说戏剧的时代，诗得尽量采取小说戏剧的态度，利用小说戏剧的技巧，才能获得广大的读众。这种做法并不是不可能的。在历史上多少人已经做过，只是不大彻底罢了。新诗所用的语言更是向小说戏剧跨近了一大步，这是新诗之所以为“新”的第一个也是最主要的理由。其他在态度上，在技巧上的种种进一步的试验，也正在进行着。请放心，历史上常常有人把诗写得不像诗，如阮籍，陈子昂，孟郊，如华茨渥斯（Wordsworth），惠特曼（Whitman），而转瞬间便是最真实的诗了。诗这东西的长处就在它有无限度的弹性，变得出无穷的花样，装得进无限的内容。只有固执与狭隘才是诗的致命伤，纵没有时代的威胁，它也难立足。

每一时代有一时代的主潮，小的波澜总得跟着主潮的方向推进，跟不上的只好留在港汊里干死完事。战国、秦、汉时代的主潮是散文。一部分诗服从了时代的意志，散文化了，便成就了“楚辞”和初期的“汉赋”，成就了《铙歌》，这些都是那时代的光荣。另一部分诗，如《郊祀歌》，《安世房中歌》，韦孟《讽谏诗》之类，跟不上潮流，便成了港汊中的泥淖。

明代的主潮是小说，《先妣事略》，《寒花葬志》和《项脊轩记》的作者归有光，采取了小说的以寻常人物的日常生活为描写对象的态度，和刻画景物的技巧，总算是粘上了点时代潮流的边儿（他自己以为是读《史记》读来了的，那是自欺欺人的话），所以是散文家中欧公以来唯一顶天立地的人物。其他同时代的散文家，依照各人小说化的程度的比例，也多多少少有些成就，至于那般诗人们只忙于复古，没有理会时代，无疑将被未来的时代忘掉。以上两个历史的教训，是值得我们的新诗人书绅的。

四个文化同时出发，三个文化都转了手，有的转给近亲，有的转给外人，主人自己却都没落了，那许是因为他们都只勇于“予”而怯于“受”。中国是勇于“予”而不太怯于“受”的，所以还是自己的文化的主人，然而也只仅免于没落的劫运而已。为文化的主人自己打算，“取”不比“予”还重要吗？所以仅仅不怯于“受”是不够的，要真正勇于“受”。让我们的文学更彻底的向小说戏剧发展，等于说要我们死心塌地走人家的路。这是一个“受”的勇气的测验，也是我们能否继续自己文化的主人的测验。

过去记录里有未来的风色。历史已给我们指示了方向——“受”的方向，如今要的只是勇气，更多的勇气啊！